Aygen-Sibel Çelik

Verrückt war gestern

PINK • Ein Imprint von Oetinger Taschenbuch

Für Çınar

PINKpressum

PINK • Ein Imprint von Oetinger Taschenbuch

1. Auflage 2014

Originalausgabe

Umschlaggestaltung: Kathrin Steigerwald
Bildmotiv »young girl writing in notebook«:
© Getty Images/Todor Tsvetkov
Druck: GGP Media GmbH, Pößneck
ISBN 978-3-86430-030-1

MIX
Papier aus verantwortungsvollen Quellen
FSC® C014496

www.pinkupyourlife.de
www.facebook.com/pinkupyourlife

01

WHOOOM. MISTER NO stürzt in den Raum und ignoriert, dass er dabei die heilige Vase des grimmigen Wirtes umstößt. Er verkneift sich ein Grinsen, als er stolpert und vor der Vase auf den Boden fällt. KLIRR. Seine dämonischen Augenbrauen vibrieren entzückt, während er von dort unten in die Augen der Lady an der Bar sieht. Ohne auch nur eine Sekunde den Blick von ihr abzuwenden, schnappt er sich ihre Hand und versucht sie zu küssen. »Gestatten, Señora, Mister No!«

Sein pestilenzialischer Atem wirft die Dame fast vom Stuhl. Aber da er immer noch ihre Finger umklammert, kann sie nicht runterfallen. KNACKS. Das waren ihre Gelenke. »Lassen Sie das!« Endlich kann sie sich aus Mister No's Griff befreien. UNGESTÜMER KERL.

Und jetzt? Das Fenster vor meinem Schreibtisch umrahmt den inzwischen dunkelrot gefärbten Horizont. Mein Blick heftet sich auf eine weit entfernte Kirchturmspitze. Ich weiß echt nicht, wie es weitergehen soll. Der Grafitstift gleitet aus meinen Fingern. Als er auf den Zeichenblock plumpst, erwache ich aus meiner Starre. Die Spitze hat direkt auf dem wulstigen Kinn von Mister No einen Bartstoppel hinterlassen. Völlig frustriert schiebe ich den Zeichenblock von mir weg. Das kommt davon, wenn ich auf andere höre.

»Mister No muss sich verlieben. Bitte, bitte!« Kayra, meine beste Freundin und der größte und allererste Fan meiner Comicserie, hätte es gerne so. Seit Wochen jammert sie mir damit die Ohren voll. Die ganze Klasse liest meine Comics. Doch Kayra ist immer die erste Leserin und kennt als Einzige sämtliche Folgen. Also müsste sie eigentlich am besten wissen, dass Mister No sich **niemals nie** verlieben kann. Er hat ganz andere Dinge im Kopf. Das heißt, wenn überhaupt etwas darin steckt, hat das jedenfalls nichts mit Liebe zu tun. Aber dann habe ich plötzlich an *Die Schöne und das Biest* denken müssen und mir vorgenommen, es mit der Liebe mal auszuprobieren.

Ich sehe auf meine Zeichnung. Die Lady ist mir richtig gut gelungen. Sie ist ein typischer Vamp, wie in alten Comics. Ich habe ihr eine Dreieckstaille gezeichnet und wallendes Haar, einen geschwungenen Kussmund, überdimensionale Klimperwimpern und lange Beine. Sie trägt ein strenges, enges, biederes 50er-Jahre-Kostüm. Eine Frau, die selbst Mister No nicht kaltlassen kann, obwohl er sonst so ein teilnahmsloser Trampel ist.

Trotzdem. Was soll jetzt passieren? Schließlich wäre es total unlogisch, wenn mein Superhero-Tölpel der vornehmen Señora gefallen würde. Alles in mir sträubt sich dagegen, den beiden eine Lovestory anzudichten. Das geht nicht, ich muss mir etwas anderes einfallen lassen. Ich nehme mir vor, erst mal weiter an der Ausstattung des düsteren Wirtshauses zu feilen, in dem sich die beiden begegnet sind. Gerade als ich das Hirschgeweih an der Wand mit Schatten versehe, klopft es an meiner Tür.

»Mia, kommst du?«

»Ja, Eva, gleich!«

Das ist meine Mutter. Sie nennt mich Mia. Mein Vater ruft mich Mara. Dabei heiße ich eigentlich Mia Mehtap Mara. Den Namen Mehtap haben sich meine Großeltern väterlicherseits aus Bursa reserviert. Aber da ich sie nur einmal im Jahr sehe, habe ich diese Anrede in meinem dreizehnjährigen Leben bisher nur sehr selten zu hören gekriegt. Es kommt mir komisch vor, und ich muss mich immer erst eine Weile daran gewöhnen, wenn jemand Mehtap zu mir sagt.

Als sich Evas Schritte wieder von meiner Tür entfernen, spitze ich meinen Grafitstift an und lege ihn in die leere Stelle im Kasten zwischen die Stifte mit den Härtestufen 2B und HB. Bevor ich den Deckel zuklappe, drehe ich die beschrifteten Seiten aller Stifte nach oben und prüfe, ob sie in der richtigen Reihenfolge liegen, schön nach Härtegraden sortiert. Dann zähle ich alle Stifte durch, sage laut »Sechzehn« und rücke den Kasten so auf dem Tisch zurecht, dass die rechte Seite meines Zeichenblocks und die untere Kante des Kastens einen rechten Winkel bilden.

An der Tür, ehe ich mein Zimmer verlasse, um ins Esszimmer zu gehen, werfe ich noch einen Blick auf meinen Schreibtisch. ALLES OKAY.

Eva und Adem, mein Vater, sehen mich erlöst an. »Na, endlich konntest du dich von deinen Stiften trennen!«, sagt Adem, der seinem ständigen Hungergefühl nur schlecht widerstehen kann. Inzwischen erkennt man das gut an seinem runden Bauch, der wie ein Ball auf seinem sonst so schlanken Körper sitzt. Ich zucke nur mit den Achseln und setze mich an den Tisch.

Also gut, ich sehe es ja ein. Jetzt muss ich es wohl gestehen. Hm, ich, Mia Mara, einzige Tochter von Eva Konz-Kahraman und Adem Kahraman, gebe zu, dass ich Marotten habe. Seit ich mich erinnern kann, habe ich die. Zum Beispiel liegt mir eben die Ordnung meiner Stifte sehr am Herzen. Ja, und Comics sind mein größter Spleen. Ich muss einfach in jeder freien Minute an meinem *Mister No* zeichnen, zumindest tue ich das, sooft ich kann.

Auf eine Diskussion habe ich keine Lust, doch ich merke genau, wie sich meine Eltern kurz, aber bedeutungsvoll ansehen. Auch wenn sie meine Zeichnungen toll finden, sind sie der Meinung, ich solle nicht so viel Zeit am Schreibtisch verbringen und öfter rausgehen. Außerdem nervt es mich, wie locker sie über meine Ticks reden und dass sie nicht mal auf die Idee kommen, sie könnten mir peinlich sein. Sie denken sich nichts dabei und machen hier und da Bemerkungen über meine Angewohnheiten. Zum Glück kennen sie nicht **alle** meine Macken. Ich sitze jedenfalls immer wie auf heißen Kohlen, wenn wir Besuch haben. Vor allem, wenn Kayra bei uns ist. Von meinen Ticks darf weder sie noch sonst irgendjemand etwas wissen. **Niemals nie!**

Es gibt Crêpes mit Gouda. Seit Eva die neue Maschine von ihrer Mutter, meiner Oma Frieda, geschenkt bekommen hat, backen wir fast jeden zweiten Abend französische Pfannkuchen. Mal mit selbst gemachter Himbeermarmelade, mal mit Maronencreme aus dem Bioladen nebenan, mal deftig mit einer Champignon-Spinat-Füllung. Obwohl ich Crêpes liebe, habe ich inzwischen das Gefühl, dauernd das Gleiche zu essen, egal welcher Belag die Teigplatten schmückt.

»Alles okay, Mara?«, fragt Adem und tippt mir auf die Nasenspitze. Da erst merke ich, wie gedankenversunken ich an meinem Pfannkuchen herumzupfe.

»Wo bist du gerade?«, fragt Eva. Und ich denke, dass sie denkt, ich würde gerade an meinen Comic denken. Das mache ich nämlich fast immer. Mein Hobby, mein Leben, meine allergrößte Marotte, sagte ich ja. Eben habe ich allerdings an Adems Ball gedacht und daran, dass er ihn eindeutig Oma Friedas Geschenk zu verdanken hat. Aber manchmal, eigentlich ziemlich oft, kann ich die halbe Nacht nicht schlafen, weil mich die neue Comicfolge nicht loslässt. *Mister No* macht mir so viel Spaß, doch gleichzeitig auch viele Sorgen. Immer kreisen die Gedanken in meinem Kopf, und ich frage mich, ob mir für die Fortsetzung eine tolle Idee kommen wird und ob sie den anderen in der Schule am Ende gefallen wird oder nicht.

Eigentlich sind meine Sorgen schlimmer geworden, seit Frau Tremer, unsere Klassenlehrerin, mit dem Comicwettbewerb angefangen hat. Sie meint, ich müsse unbedingt daran teilnehmen. Na ja. Eigentlich würde ich das gern – aber ich meine, hey, da machen bestimmt echte Profis aus ganz Deutschland mit. Ich will mich ganz sicher nicht blamieren.

»*Mister No* ist quasi dein Baby«, hat Eva mal gesagt. »Du hast ihn erschaffen und bist verantwortlich für ihn. Künstler empfinden ähnliche Gefühle für ihre Werke wie eine Mutter für ihr Kind.«

»Und wie ein Vater«, hat Adem ergänzt, der nie akzeptieren will, dass Muttergefühle stärker, größer oder wichtiger sein könnten als Vatergefühle.

Ehrlich gesagt hat mir diese Aussage kein bisschen geholfen. Ich fühle mich ja nicht nur für *Mister No* verantwortlich, sondern auch für seine Fans. Schließlich habe ich eine feste Leserschaft, die jede Woche Dienstag eine Fortsetzung erwartet. Fast die ganze Klasse will wöchentlich erfahren, was Mister No erlebt hat, oder sagen wir: was er wieder angestellt hat. Allen voran Kayra. Obwohl es mir sehr schmeichelt – inzwischen nervt es mich schon ein bisschen, wenn sie mich bereits auf dem Schulhof mit erwartungsvollem Blick und bettelnden Händen abfängt. Aber wenn sie kurz darauf in die Geschichte abtaucht, ihre riesigen Augen an den schwarz-weißen Zeichnungen kleben und sie völlig abwesend den Daumen hebt, fällt mir ein Stein vom Herzen. Erst dann weiß ich mit Gewissheit, dass die neue Folge gut geworden ist und ich sie vorzeigen kann.

»Hier, ich bin doch hier«, sage ich zu Eva, als ich mit meinen Gedanken wieder am Esstisch lande. Ich versuche zu lächeln. Dabei räuspere ich mich und setze mich aufrecht hin. »Und wie … wie geht es euch so?«, frage ich und versuche, meine Eltern von meinem Comicspleen abzulenken. Ich habe keine Lust, mit ihnen über *Mister No* zu reden.

Adem grinst. »Och!«, sagt er fast theatralisch und lehnt sich zurück. »Man kann nicht klagen. Oder, Eva? Was sagst du?«

»Mir geht es gut, Töchterchen, danke der Nachfrage.« Eva grinst jetzt ebenfalls, und meine Eltern widmen sich wieder ihrem Abendmahl. Meine Mutter schiebt meinem Vater ein Stück Crêpe in den Mund und schleckt sich hinterher die fettigen Finger ab. Die beiden sind wirklich wie Adam und Eva. Ein türkischer Adem, zweiundvierzig, und eine deutsche Eva, einundvierzig. Sie haben beide eine Lockenmähne. Mein Vater eine echte braune, nackenlange, und meine Mutter eine schulterlange rote aus Wasserstoffperoxid. Was das angeht, kann man nicht sehen, dass ich ihr Kind bin. Meine Haare sind aalglatt.

Eva und Adem sind sich vor fünfzehn Jahren zufällig begegnet. Im *Paradise*. Ja, echt wahr! Niemand nimmt mir das ab, wenn ich es erzähle. Aber der Tanzschuppen – so nennen sie die Disco, in der sie sich kennengelernt haben – hieß tatsächlich so. Vielleicht sind meine Eltern ja deswegen immer noch total verknallt ineinander?

Ich muss an *Mister No* und die letzte Szene denken. Wie eklig! Wenn die Señora sich tatsächlich in ihn verlieben sollte, dann müsste sie mit ihm genau solche Dinge tun. Ihn füttern und ihn dabei verschossen ansehen, so wie Eva gerade Adem anguckt. Ganz zu schweigen davon, dass sich Mister No und die geheimnisvolle Dame küssen müssten. Uah! Es schüttelt mich plötzlich, und ich kann jetzt garantiert nichts mehr essen. Mal ehrlich, ich kann mir das gar nicht vorstellen. Was Mister No und das Küssen angeht, meine ich.

Aber bei einem ganz bestimmten Jungen, da … Er scheint neu auf unserer Schule zu sein, und er ist einfach so … so … so … einfach unbeschreiblich! Er sieht megamegagut aus und scheint richtig nett zu sein. Leider weiß ich nicht, wie er heißt, und auch nicht, wie ich es anstellen soll, ihn anzusprechen.

»Darf ich aufstehen?«

»Bist du denn schon satt?« Adem blickt mir misstrauisch in die Augen.

»Ja, klar. Außerdem bin ich noch nicht mit den Hausaufgaben fertig.«

Ich habe keine Ahnung, wie sich meine Eltern anschauen, als ich ihnen den Rücken zudrehe und das Esszimmer verlasse. Aber ich weiß, dass sie wissen, was ich eigentlich vorhabe.

02

DER SUPERHELD SETZT sich neben die Señora. »Lassen Sie mich Ihnen das Universum zu Füßen legen!«

Auf einmal beginnt die Lady mit den Wimpern zu klimpern. »Nennen Sie mich Eleonora«, haucht sie und reicht ihm, diesmal freiwillig, die zarte kleine Hand. Und er – ungewohnt elegant – ergreift sie und führt die Señora aus dem Wirtshaus hinaus.

Dunkle Gassen, beleuchtet von alten Straßenlaternen. Nebel zieht auf, der Wind lässt alte Zeitungsseiten aufsteigen. Hier und dort Schatten dubioser Gestalten und im Vordergrund das dumpfe Poltern, das Mister No's Schritte verursachen. Der Asphalt bröckelt, gibt dem phänomenalen Gewicht des Riesen nach.

»AAAAHHHHH!« Ein schriller Schrei. Die spitzen Ohren von Mister No bewegen sich wie die einer Katze und versuchen, den Schrei radartechnisch zu orten. Ganz klar, er kam vom Fluss.

Widerwillig lässt er die Hand des Objekts seiner Begierde los. »Bin gleich wieder da, Eleonora! Mein Typ ist gefragt! Wissen Sie, als Superheld, da ...«

»Nun gehen Sie schon!« Die Dame ist sichtbar beunruhigt über den Hilferuf.

Mister No besinnt sich, seine Verwandlung beginnt. Unwillkürlich zuckt er hin und her und wird lila. Seine Muskeln schwellen an. Zwar nur sein rechter Bizeps und seine linke Wade, aber das reicht, um sich schneller fortzubewegen. Er streckt den muskelbepackten Arm aus und hebt ab. Sein Umhang flattert, und schon ist er nur noch ein Punkt am Firmament.

Nachdem ich das letzte Fragezeichen in Eleonoras Gedankenblase gesetzt habe, merke ich, wie müde ich geworden bin. Ich kneife die Augen zusammen und sehe auf mein Smartphone. Es ist inzwischen halb zehn. Zeit, meinen Grafitstift zu spitzen und ihn in die leere Stelle im Kasten zwischen die Stifte mit den Härtestufen 2B und HB zu legen. Bevor ich den Deckel zuklappe, drehe ich die beschrifteten Seiten aller Stifte nach oben und prüfe, ob sie in der richtigen Reihenfolge liegen, schön nach Härtegraden sortiert. Anschließend zähle ich alle Stifte durch, sage laut »Sechzehn« und rücke den Kasten so auf dem Tisch zurecht, dass die rechte Seite meines Zeichenblocks und die untere Kante des Kastens einen rechten Winkel bilden.

Als ich endlich bettfertig vor meiner himmelweichen Schlafstätte stehe, fallen mir die Augen zu, und ich tue, was ich in dieser Situation einfach immer tun muss – marottentechnisch, meine ich. Schlapp, wie ich bin, greife ich nach meinem Kissen, schüttele es auf und werfe es zurück auf mein Bett. Dann schlage ich mit der rechten Handkante wie ein Karatekämpfer dreimal in die Mitte, damit eine Mulde entsteht. Genau da kommt mein Kopf hinein. GALAKTISCH.

Ich hoffe, dass die Nacht nicht so schnell um ist und ich beim Aufwachen nicht das Gefühl habe, zwischen dem Hinlegen und dem Klingeln des Weckers hätten nur Minuten gelegen. Ich finde es toll, wenn mein Unterbewusstsein mir Träume zusammenschmiedet und sich die Nacht um halbe Ewigkeiten ausdehnt. So muss ich in meinen Comics am nächsten Tag nur das zeichnen, was ich nachts erlebt habe.

In dieser Nacht wache ich aber mehrfach wegen wiederkehrender, höchst seltsamer Szenen im Gehirnprivatkino auf. Es geht zwar auch in diesem Traum um die Abenteuer meines Superhelden, doch da taucht noch jemand anders auf. Ob ich das verwerten sollte?

Heute nämlich – und das ist bisher **niemals nie** vorgekommen – tanze ich mit Mister No, der mich an der Hand hält und durch die Luft wirbelt. HALLO? Was ist das denn für ein Quatsch?! Ununterbrochen dreht er mich um die eigene Achse. **Dreh, dreh, dreh.** Es ist himmlisch schön, und es kümmert mich kaum, dass ausgerechnet **er** mein Tanzpartner ist. Stattdessen genieße ich den Moment und lausche der Melodie, die ich nicht erkenne. Ich weiß nur, wie traumhaft die Musik ist. Meine Bewegungen sind geschmeidig und feenhaft, und Mister No hält mich **untypischerweise** ganz sanft an der Hand und dreht mich immer schneller, immer schneller, immer schneller. Bis … ja, bis ich auf einmal in **seine** Augen sehe! Der neue Typ aus unserer Schule! Er tanzt mit mir, wirbelt mich bis hoch hinauf in den Himmel.

Ich bin so megaglücklich, dass ich – **peng** – vor lauter Glück einfach jedes Mal an dieser Stelle aufwache. Also stehe ich, lange bevor mein Wecker klingelt, auf und bin richtig stinkig, weil ich nicht weiterträumen kann. Wie würde der Traum enden? Wer ist dieser Junge, der mir den Schlaf raubt und mir nicht mehr aus dem Kopf geht? Ich muss unbedingt mehr über ihn erfahren.

Halb verschlafen und bevor ich ins Badezimmer gehe, um mir die Nacht aus den Augen zu waschen, setze ich mich an meinen Tisch. Draußen ist es grau, und an der Fensterscheibe rutschen unzählige Regentropfen um die Wette nach unten. Ich ziehe mein altes Baumwolltuch aus der Schultasche und fühle gedankenverloren nach den Knötchen und Knubbeln, die sich im Laufe der Jahre darauf gebildet haben. Es sind inzwischen richtig viele. An manchen Stellen habe ich so viel daran gerubbelt, dass der Stoff total voller Fusseln ist und sich hier und da fast auflöst. Denn ich habe das Tuch schon **sehr** lange. Es ist eigentlich ein stinknormales Geschirrtuch, aber im Kindergartenalter war es mein Schnuffeltuch. Das Knubbelfühlen hat mich früher entspannt, oder ich konnte mich besser konzentrieren. Na ja, manchmal ist das noch heute so … Okay, ich gebe es ja zu: Eigentlich ist es inzwischen eine waschechte weitere Marotte von mir geworden.

Nachdem ich einen Augenblick Knubbel gefühlt habe, klappe ich vorsichtig die letzte Zeichnung von gestern Abend auf meinem Block nach hinten. Ich starre auf das leere Blatt.

Es ist, als zöge mich das Weiß, die Leere in sich hinein. Auf einmal fühle ich, wie mich der Eifer packt. Meine Finger umklammern den Stift mit dem eingravierten Härtegrad B. Meine Hand bewegt sich und hinterlässt Spuren, wie auf einem unbetretenen, frisch zugeschneiten Boden. Das Weiß wird von schnellen schwarzen Grafitstrichen zerschnitten. Eine Zeichnung nach der anderen entsteht vor meinen Augen, und ich schaue nur zu, als würde ich von einer unsichtbaren Macht beherrscht. **Dreh, dreh, dreh.** Mister No wirbelt seine Tanzpartnerin durch die Luft. Und dann schwebt nicht nur die Señora elfengleich auf Wolke Nummer sieben, sondern auch ich. Die Bilder sind mir wirklich gut gelungen, selbst wenn sie etwas anders aussehen als sonst. Vielleicht liegt es daran, dass mein Tölpelheld gerade seine romantische Ader entdeckt?

»Mia! Bist du schon wach?«, höre ich Eva rufen, als sie an meiner Tür vorbeigeht. Gleichzeitig piept der Wecker los. **Darrrt. Darrrt. Darrrt.** Der Krach lässt sämtliche Reste nächtlicher Illusionen schwinden. In Panik stürze ich mich auf die lärmende Uhr. **Stopp.**

Ehe ich das Zimmer verlasse, spitze ich meinen Grafitstift an und lege ihn in die leere Stelle im Kasten zwischen die Stifte mit den Härtestufen 2B und HB. Bevor ich den Deckel zuklappe, drehe ich die beschrifteten Seiten aller Stifte nach oben und prüfe, ob sie in der richtigen Reihenfolge liegen, schön nach Härtegraden sortiert. Dann zähle ich alle Stifte durch, sage laut »Sechzehn« und rücke den Kasten so auf dem Tisch zurecht, dass die rechte Seite meines Zeichenblocks und die untere Kante des Kastens einen rechten Winkel bilden. An der Tür schaue ich noch mal auf meinen Tisch. Alles OKAY. Jetzt muss ich mich aber wirklich beeilen, sonst komme ich zu spät zur Schule.

03

»**HALLO, MIA!« KAYRA KOMMT** strahlend auf mich zu, und ich kann sofort sehen, dass sie keine Zahnspange mehr hat.

»Hey!«, rufe ich. »Cool. Na, endlich bist du sie los.«

Kayra stellt ihre metallfreien Zahnreihen aufeinander und zeigt sie mir mit dem breitesten Grinsen, das ich je gesehen habe.

In den ersten drei Schulstunden kann ich mich gar nicht auf den Unterricht konzentrieren. Ich muss mir immer wieder diesen Anblick antun und das zahnpastawerbungsreife Strahlen von Kayra anstarren. Nicht, dass ich sie sonst nicht gerne angucke. Sie ist schließlich meine beste Freundin, und sie ist sehr hübsch mit ihren dunkelblonden Wellen, die ihr bis zur Hüfte reichen. Ihre großen kakifarbenen Augen nehmen fast ein Drittel ihres Gesichts ein. Deswegen kann ich ihren Bitten ja auch nie widerstehen. Sie weiß ganz genau, wie sie mich mit diesem **Bambi-Blick** manipulieren kann. Wem habe ich denn sonst diese Störung in der *Mister No*-Matrix zu verdanken? Ich muss echt aufpassen, dass aus meinem Comic kein Groschenroman, keine Schnulze wird.

Ich bin mir nicht sicher, ob ich mich an ihr dauerndes Grinsen, das so aussieht, als hätte man ihr einen Sticker verpasst, gewöhne oder ob Kayra sich an ihre Spangenlosigkeit gewöhnt und das Grinsen einstellt. Nach drei Stunden ist jedenfalls alles wieder wie früher, und ich kann mich endlich dem Unterricht widmen.

»Und, hast du dich entschieden, wirst du dich anmelden?«, fragt Kayra mich in der zweiten großen Pause, und nun ist es vollständig wie sonst. Dauernd dieser Wettbewerb. Nicht nur, dass Frau Tremer mir deswegen ganz schönen Druck macht. Nein, Kayra muss bei dieser Sache ja unbedingt ihre Assistentin spielen! Seit unsere Lehrerin das Thema erwähnt hat, fragt sie mich fast jeden Tag, ob ich bei dem Wettbewerb mitmachen werde.

Ich zucke nur teilnahmslos die Achseln, strecke den Arm aus und zeige auf einen imaginären Traumtypen. Ich tue einfach so, als hätte ich am anderen Ende des Pausenhofs einen richtig süßen Jungen ganz nach Kayras Geschmack entdeckt. Und ich hoffe, ihre Neugier ist groß genug, dass sie darüber den Wettbewerb vergisst.

Tschakka! Meine beste Freundin macht den Hals lang wie ein aufgeschreckter Strauß, kneift die Augen zusammen, und dann folgt sie mir. Aber Kayra wäre nicht Kayra, wenn sie beim Gehen nicht einfach mit dem nächsten nervigen Thema weitermachen würde.

»Wie weit bist du denn?«

»Womit?« Als wenn ich nicht genau wüsste, was Kayra meint. Ich will nur Zeit gewinnen, um mir eine Ausrede einfallen zu lassen. Sie möchte nämlich ganz sicher einen Tipp haben, was in der nächsten *Mister No*-Folge passiert. Ununterbrochen zupft sie an meinem Ärmel. Ich bleibe stehen und seufze, weil der Trick mit dem süßen Typen gerade gescheitert ist. Manchmal verstehe ich sie nicht. Meine beste Freundin ist doch sowieso die Erste, die eine Kopie des Comics bekommt. Und zwar umsonst. Die anderen zahlen alle fünfunddreißig Cent. Geld, das ich für die teuren Grafitstifte, das Papier und die Kopien spare.

»Miaaaa!« Kayra verdreht die Augen. »Was heißt hier ›womit‹?«

Schon gut! Ich gebe auf. »Geht so«, sage ich, weil mir kein weiteres Ablenkungsmanöver einfällt.

»Wird Mister No sich verlieben? Hä? Sag schon, ja?«

Ich sage nichts, sondern sehe weg, um nicht wieder der Wirkung ihrer **Hypno-Augen** zu erliegen.

»Ja? – Hä? – Was? – Hast du Ja gesagt? – Ja! – Jaaa!«, ruft Kayra, macht eine Faust, zieht sie samt Unterarm siegessicher nach unten und flitzt los.

»Ich hab nichts gesagt, keinen Piep!«, rufe ich ihr hinterher, aber zu spät. Meine beste Freundin ist außer sich, schart in Sekunden mindestens fünf Klassenkameradinnen um sich und erzählt ihnen die Neuigkeit.

Typisch, denke ich und mache mich darauf gefasst, den Rest der Pause allein zu verbringen, doch weit gefehlt. Kayra schleppt die ganze Truppe an, und auf einmal quaken alle auf mich ein: Kerry, Juli, Marissa, Deborah, Hazel, Tabea und Amina.

Stopp! Ich kann schreien und rufen und erzählen und

erklären, soviel ich will. Keiner hört mir zu. Ich habe zwei Möglichkeiten: Entweder ich nutze mein Recht auf künstlerische Freiheit und zeichne die aktuelle Folge wieder nach meinem Geschmack um, oder ich richte mich nach den Wünschen meiner Leser, die sich offensichtlich eine Lovestory für Mister No erhoffen. Natürlich sollte ich meine Leser nicht enttäuschen. Doch es ist schließlich mein Comic. Obwohl ich zugeben muss, dass ich es inzwischen ja gar nicht mehr **soooo** schlecht finde, dass Mister No sich verliebt hat. Andererseits gibt es noch die Jungs, die ich mindestens genauso berücksichtigen muss wie meine weiblichen Fans. Die Jungs wollen ganz sicher keine kitschigen Liebesszenen haben. Mal ehrlich: Jungs sind manchmal viel cooler als Mädchen. Jedenfalls, was Comics angeht. Ich würde das zwar nie laut zugeben, aber der Gedanke daran, dass ich zum Glück auch männliche Leser habe, beruhigt mich.

»Lasst euch doch einfach überraschen!«, sage ich zu den vielen fragenden Augenpaaren, als es endlich zur nächsten Stunde läutet.

Während wir die Treppen hinauf in den ersten Stock zu unserer Klasse gehen, hakt sich Kayra bei mir ein und stolziert neben mir her. Sie merkt überhaupt nicht, wie sehr ich den Kopf über sie schüttele. Auch nicht, dass mir der Atem stockt und ich mich fast an meiner eigenen Spucke verschlucke. Denn als wir beinahe oben angekommen sind, taucht dieser megacoole Typ auf, an den ich ständig denken muss. Er kommt mir entgegen, geht direkt neben mir die Treppen hinunter, und ganz, ganz, ganz kurz treffen sich unsere Blicke.

Allerdings ist dieses eingebildete Mädchen bei ihm. Die habe ich schon ein paar Mal in seinem Schlepptau gesehen. Das nervt mich. Sie ist ziemlich hübsch. Ich kenne sie, weil ihre Schwester Sandra mit mir im Kindergarten war. Sie heißt Sarah, und sie redet ununterbrochen auf den Jungen ein. Deswegen dauert mein Blickaustausch mit ihm nur eine Milliardstelsekunde. Trotzdem prägt sich dieser himmelblaue Nanoaugenblick in meinem Herzen ein wie eine Gravur auf einem Siegerpokal.

»Wollen wir heute Nachmittag was zusammen machen?«

Schwupp. Meine beste Freundin holt mich zurück auf den Boden der alltäglichen Tatsachen. »Also, Kayra, heute ist doch Donnerstag!«, sage ich empört und kann es nicht fassen. »Erst erzählst du allen von der neuen Folge, und jetzt willst du dich mit mir treffen. Ich muss ja bis Dienstag noch irgendwie mit dem Comic fertig werden.«

Kayra nickt ernst, obwohl sie gar nix kapiert. »Okay. Dann komme ich zu dir, und während du zeichnest, mache ich Hausaufgaben.«

Ich will gerade sagen, dass das **niemals nie im Leben** funktioniert, aber da sind wir auch schon in der Klasse, unsere Französischlehrerin steht bereits an der Tafel und legt los.

Nach der Schule bringe ich es nicht übers Herz, Kayra auszuladen, obwohl ich sie ja gar nicht eingeladen habe. Ich werde also ganz schön in Zeitnot geraten. Außerdem kann ich es überhaupt nicht ausstehen, wenn jemand meine Zeichnungen sieht, bevor sie fertig sind.

Den ganzen Nachhauseweg über denke ich deswegen darüber nach, wie ich es schaffe, vor Kayra in mein Zimmer zu kommen, ehe meine Freundin meinen Zeichenblock entdeckt. Vielleicht sollte ich sie in ein Gespräch mit Eva verwickeln und dann heimlich verschwinden? Vielleicht muss Kayra auch direkt aufs Klo? Ich kann ja so tun, als ob ich ihr den Vortritt lasse. Oder ich behaupte, riesigen Hunger zu haben, und bitte Eva, uns sofort Mittagessen zu machen. In diesem Fall müsste Kayra sich erst mal die Hände waschen, und in der Zwischenzeit könnte ich schnell in mein Zimmer gehen.

Vermutlich schaue ich beim Grübeln so grimmig drein, dass Kayra glaubt, sie müsse mich aufmuntern. Gedankenversunken, wie ich bin, kapiere ich erst gar nicht, was sie mir sagen will.

»Kennst du den?«, fragt sie auf einmal, als wir den Bus verlassen und den restlichen Weg zu Fuß antreten.

»Hä? Wen?«

»Na, den Witz!«

»Aber du hast ihn ja noch gar nicht erzählt.«

»Mensch, Mia. Das sagt man doch nur so.« Jetzt legt Kayra los, aber das hätte sie lieber sein lassen sollen. »Ein Mann zieht im Zug seinen Schuh aus und stöhnt: ›Mein Fuß ist eingeschlafen.‹ Meint der Typ, der ihm gegenübersitzt: ›Also, dem Geruch nach ist er vor einiger Zeit gestorben!‹«

Sofort kriechen mir Bilder in den Kopf und der Geruch von Onkel Erwins Käsefüßen in die Nase. Ich spüre, wie sich die Spucke in meinem Mund sammelt. Ein weiterer

Tick von mir: Wenn es stinkt, muss ich die Luft anhalten, mindestens bis dreißig zählen und mir bei der nächsten Gelegenheit die Hände waschen. So lange kann ich nichts anfassen, höchstens mit den Fingerspitzen. Und wenn ich zu früh atme oder es stinkt hinterher immer noch, muss ich von vorne anfangen. Leider reicht es auch, wenn ich nur an Gestank denke. Eins – zwei – drei – vier – fünf – …

Kayra lacht sich schief und schaut mich dabei immer wieder forschend an. Als sie sieht, wie sehr ich mich ekele, johlt sie vor Stolz über die Wirkung ihres Witzes. »**Hohohahaho.** Hab ich aus dem Internet. Cool, ne? **Hahahohohahaha!**«

Ich lache mit geschlossenem Mund, nicke anerkennend und hoffe, dass Kayra endlich aufhört. Ich bin mit dem Zählen erst bei fünfzehn.

»Hey, ich hab noch einen! Den hat mir Burhan erzählt. Also …«

Äh, äh. Bitte nicht! Ich schüttele verzweifelt den Kopf. Achtzehn – neunzehn – zwanzig … Von Burhan, ausgerechnet! Das ist der ältere Bruder von Kayra, und seine Witze können nur mega-eklig sein!

»Was ist los? Mia?«

Ich lächele verlegen.

»Hä? Warum sagst du denn nichts?«

Ich zucke mit den Achseln.

»Geht es dir nicht gut?«

Okay. Ich deute auf meinen Mund und meine Nase und wische mir eine Schweißperle von der Stirn. Ich kann schließlich nicht reden und einfach aufhören zu zählen.

Und wenn sie einen zweiten Witz von dieser Sorte erzählt, muss ich bei eins beginnen.

»Hä?«, sagt Kayra noch mal, und ich denke, dass ich diesen Ausdruck unbedingt in einer meiner Zeichnungen einfangen muss. Ich würde ihn in Form von tausend Fragezeichen in einer Gedankenblase übersetzen.

Zweiundzwanzig – dreiundzwanzig – vierundzwanzig … Fast bin ich fertig. Aber was macht meine beste Freundin? Na logisch.

»Hör zu«, sagt sie und legt los. »Drei Lehrer gehen in den Park …«

Gott sei Dank sind es nur noch ein paar Meter nach Hause. Ich deute Kayra an, dass sie klingeln soll, damit ich nicht meinen Schlüssel aus der Tasche kramen muss. Wieder dieser fragende Blick ihrer riesigen Augen. Doch zum Glück drückt sie kommentarlos auf den Klingelknopf.

Eva öffnet die Tür, und ich stürze an ihr vorbei ins Haus und reiße mir die Schuhe von den Füßen. Natürlich fallen damit alle meine Pläne, Kayra daran zu hindern, direkt in mein Zimmer zu marschieren und meinen Zeichenblock aufzuschlagen, ins Wasser – besser gesagt, ins Waschbecken. Ich renne schnurstracks ins Bad und wasche meine Hände. Endlich.

Es können höchstens zwei Minuten vergangen sein, denn ich habe wirklich nur meine Hände gewaschen, das war's. Ich frage mich, wie es Kayra in der Zeit geschafft hat, meine Mutter zu begrüßen, wie immer einen kleinen Small Talk mit ihr zu halten, ihre Jacke und ihre Schuhe auszuziehen, sich dann in mein Zimmer zu begeben, sich **meine neues-**

ten Comicskizzen zu schnappen und sich damit genüsslich schmökernd auf mein Bett zu setzen.

»Na?«, fragt sie und sieht mir dabei vorlaut in die Augen. »Alles wieder okay?«

Empört stehe ich im Türrahmen und nicke nur.

»Was hattest du nur eben?«

»Nichts«, sage ich kurz angebunden und gehe schnurstracks auf meine Freundin zu. »Mensch, Kayra! Die Skizzen darf noch niemand sehen! Das weißt du doch!« Ich ziehe ihr meinen Comic weg und versuche mir nicht anmerken zu lassen, dass ich eigentlich ganz schön sauer bin. Das habe ich ihr mindestens schon hundert Mal gesagt.

»Ja, sorry. Hab sowieso nichts verstanden. Du hast ja kaum etwas in die Sprechblasen geschrieben.«

Dazu sage ich nichts. Schließlich weiß ich, dass sie gleich die Sache mit ihren Augen durchziehen und versuchen wird, mir wieder etwas zu entlocken. Ich wende ihr den Rücken zu, lege meinen Block kurzerhand in meinen Kleiderschrank und schließe ab.

»Sag doch mal, wieso hast du vorhin auf einmal nicht mehr gesprochen?« Kayra bohrt nach.

»Er war so eklig, dein Witz!«

»Ja und? Versteh ich nicht! Deswegen redest du nicht?«

Ich lächele so gleichgültig wie möglich und überlege schnell, wie ich sie ablenken kann. Kayra soll bloß nicht weiterfragen und am Ende meiner Marotte auf die Schliche kommen. Dann zieht plötzlich ein Duft in meine Nase. Das ist es! »Komm«, sage ich. »Lass uns etwas essen. Wetten, dass es wieder Crêpes gibt?«

04

SPLAT. MISTER NO folgt dem Hilferuf und landet im Fluss. Eine alte Dame ist über Bord gegangen und paddelt in den Fluten. Der Hero packt sie und wirft sie zurück an Deck des Schiffes.

Doch was ist das? Plötzlich kämpft Mister No im Wasser mit seinem Umhang, der sich um seinen Kopf geschlungen hat. Hoffnungslos rudert der Riese mit seinen Armen und ringt verzweifelt um sein Leben. Vorbeifahrende Schiffe schaukeln durch den Wellengang, den Mister No's Todeskampf auslöst, heftig hin und her. Die Passagiere an den Decks müssen sich festhalten, um nicht auch noch ins Wasser gerissen zu werden. Und dann … DAMN! … ist es still. GLUGG. GLUGG … Nur noch ein paar kreisförmige Wellen verraten, dass dort eben eine Legende ihren letzten Kampf ausgefochten hat. OMG. Ist es vorbei? Alle Augen suchen nach ihm.

»Da! Da ist er! Schau, der mit dem hellblauen Kapuzenshirt.« Als ich **ihn** sehe, habe ich das Gefühl, der Himmel sinkt auf den Schulhof herab. Sein Anblick reißt mich aus meinen Gedanken an die aktuelle *Mister No*-Folge.

Kayra streckt den Hals wie das Periskop eines U-Boots über die Schöpfe der Schüler auf dem Pausenhof hinweg und dreht ihren Kopf fast einmal rund um die eigene Achse. »Wo ... wo denn?«

»Psst. Nicht so auffällig!«

Und dann endlich, nachdem ich tausend Tode gestorben bin, sieht sie ihn. Sarah steht leider schon wieder bei dem gut aussehenden Jungen und zeigt ihm etwas auf ihrem Handy. Pah, dabei sind die in der Schule doch verboten!

»Der? Finn? Den wolltest du mir zeigen? Was ist mit ihm?«

»Kennst du ihn? Ist er neu hier?«

»Hm«, sagt Kayra, und plötzlich verändert sich ihr Blick. »Wieso fragst du dehääääännnnn?«, fragt sie künstlich lang gezogen und zwinkert mir dabei zu.

»Oh, ähm, nein, weil ... jaaa ... der ist schon süß, aber ich meine doch deswegen ...« Ich stottere und frage mich gleichzeitig, warum ich es meiner besten Freundin gegenüber nicht einfach zugeben kann: Ich bekomme, schon seit ich diesen Typen zum ersten Mal entdeckt habe – das war vor etwa anderthalb Wochen –, Schweißfinger und Herzflattern und Schwindelgefühle, wenn er mir über den Weg läuft. Außerdem ist Kayra ja nicht doof und hat mich bestimmt längst durchschaut. Stattdessen bin ich vielleicht die Doofe. Obwohl ich weiß, wie sinnlos es ist, quäle ich mich bei der Suche nach einer Ausrede ab. Und dann spreche ich sie sogar aus: »Ich meine ja nur, dass er bestimmt der Sohn von dem Mathelehrer der Oberstufe ist. Du weißt schon, der mit dem blonden Borstenkopf. Wie heißt er noch?«

»**Du – sprichst – von – Herrn – Sonntag?**«, fragt Kayra und betont jedes Wort einzeln.

»Ja! Der sieht Finn total ähnlich, oder?« Ich stolpere über meine eigenen Worte. Was sage ich da bloß?

Kayra rümpft die Nase und sieht erneut zu dem Jungen rüber. »Du findest Herrn Sonntag süß?«

»Nein!«

»Aber du findest, Finn sieht ihm ähnlich? Das darf doch nicht wahr sein. Hast du keine Augen im Kopf?«

Tja. Da hat Kayra wohl recht. Herr Sonntag ist so ziemlich der Letzte, dem der hübsche Typ im hellblauen Shirt ähnelt. Allerdings ist mir auf die Schnelle sonst niemand eingefallen. Und nun muss ich hinnehmen, dass Kayra denkt, ich hätte wohl Tomaten auf den Augen und keinen Sinn für gut aussehende Jungs.

»Mia Mara Kahraman«, sagt Kayra jetzt, als wäre sie eine Lehrerin, die in mein verstaubtes Hirn pusten müsste. »Schau bitte mal genau hin. Siehst du nicht, dieser junge Mann hat wunderschöne himmelblaue Augen, seine Nase zeigt etwas nach oben, er hat eine coole blonde Mähne, einen tollen athletischen Körper, also … **hallo?!**«

In ihrem Eifer zeigt sie mit einem lang gestreckten Arm direkt in seine Richtung. Damit sie sofort aufhört, nicke ich schnell und will antworten, da nimmt Kayra auf einmal meine Hand. Es ist, als ob sie mich in ihr U-Boot einsteigen lässt und wir im Pausenhof auf Tauchstation gehen.

»Komm mit!«

Etwa fünf Meter vor dem Mathelehrer bleiben wir stehen, und ich sinke in mich zusammen.

»Und hier haben wir Herrn Sonntag: verschrumpelter Blick, die Nase zeigt nach unten, die Wangen auch, er hat einen Borstenkopf, einen Hunderttagebart und einen untersetzten Bierbauch. **Finn könnte nicht sein Sohn sein, nicht sein Neffe, nicht sein entferntester Verwandter, nicht mal über fünfzehn Generationen hinweg. Finn sieht Herrn Sonntag in keinster Weise, null ähnlich!**«

Ich weiß, man könnte jetzt denken, Kayra würde die Ähnlichkeit nur wegen des großen Altersunterschiedes nicht erkennen. Aber so ist es nicht. Herr Sonntag ist definitiv der unattraktivste Mensch auf dem gesamten Schulgelände. Ist so. Und Finn dagegen der bestaussehende Junge im gesamten Universum. Ich bin platt. Okay. »Ist ja gut«, sage ich kleinlaut. »Ich habe das bloß so gesagt.« Ich gebe auf und gleichzeitig zu, dass Finn – woher weiß Kayra überhaupt seinen Namen? – der Junge meiner Träume ist.

»Haha! Wusste ich's doch!«, triumphiert Kayra und zeigt der Welt wieder ihre achtundzwanzig spangenlosen Zähne.

Es dauert den Rest der Pause und den Anfang der Biostunde, bis ich meine Freundin endlich dazu bringen kann, sich zu beruhigen, mit dem Grinsen aufzuhören und mir zu berichten, woher sie **ihn** kennt.

»Er kommt aus Berlin und geht in die Klasse von Burhan«, flüstert mir Kayra ins Ohr, als wir im Biosaal sitzen und unsere Sachen auspacken. Freitags haben wir in den letzten beiden Stunden immer Bio. Heute sollen wir uns eine Zwiebelhaut unterm Mikroskop ansehen. Alle sind damit beschäftigt, Zwiebeln zu schneiden und sie auseinanderzunehmen, nur ich zupfe ständig an Kayras Shirt.

»Was weißt du noch von ihm? Was erzählt denn dein Bruder? Hat Finn eine Freundin? Sag schon«, flüstere ich, während meine Augen Frau Korkmeier beobachten.

Kayra ist hochbeschäftigt. Ihre Zunge schwappt über die Unterlippe, und ihre Riesenaugen schielen, als sie mit der Pinzette ein Stück Zwiebelhaut faltenfrei auf den Objektträger mit dem Wassertropfen platzieren will. Als sie das Deckglas auflegen muss, rutscht ihre Zunge noch mehr heraus, was ich gar nicht mit ansehen kann.

»Lass mich das mal machen!«, sage ich und gebe ihr einen Schubs. »Und du erzählst mir bitte, was du über ihn weißt! – **Alles**!«

»Psst!«, zischt Kayra. »Wir müssen zuhören!«

Ich weiß nicht, für wen von uns beiden die zwei Stunden Bio quälender sind. Egal, wie ich bettele, Kayra rückt nichts, aber auch gar nichts heraus. Ich ziehe mein altes Baumwolltuch nur halb aus der Schultasche und fühle nach den Knötchen, um mich zu beruhigen. Kayra merkt zum Glück nichts. Sie geht völlig auf im heutigen Biounterricht, so sehr, dass sie ihre Augen nicht vom Mikroskop abwenden kann. »Faszinierend!«, ruft sie ununterbrochen aus, und man könnte meinen, Mister Spock sei mit dem Raumschiff Enterprise in unserem Biosaal gelandet. Der Vulkanier mit den spitzen Ohren muss ja auch alle möglichen Phänomene mit »Faszinierend!« kommentieren.

Whoosh! Das ist es! Jetzt, wo wir bei den Misters sind, weiß ich, wie ich mehr über Finn erfahren kann.

Ich warte, bis wir nach Hause gehen. An der Bushaltestelle beteuert Kayra, dass sie nicht mehr über Finn weiß als das, was sie mir bereits erzählt hat.

»Na gut, wenn du Burhan heute ausquetschst, bringe ich dir schon Montagabend persönlich die neue *Mister No*-Folge vorbei! Ich schwör's!«

Kayras Augen leuchten auf, so glaube ich jedenfalls. Doch dann runzelt sie die Stirn: »Am Montagabend?«

Ich nicke.

»Nee, lass mal«, sagt Kayra, während ich in meiner Tasche krame, um zu überprüfen, ob ich mein Schülerticket eingepackt habe oder nicht. Noch so eine Marotte, die ich nicht sein lassen kann. »Mir reicht es, wenn ich *Mister No* Dienstag früh bekomme. Muss abends sowieso immer Hausaufgaben machen!« Meine beste Freundin wirft ihr Haar über die Schulter und sieht sich gleichgültig nach dem Bus um.

Uuups. Ich schlucke. Nein, nicht so sehr wegen der Infos über Finn, auf die ich scheinbar noch länger warten muss, sondern weil ich auf einmal fürchte, dass ich meinen größten Fan verliere. Die Kayra, die ich kenne, wäre mir um den Hals gefallen und hätte für jede Minute, die sie *Mister No* früher zu lesen bekommt, einen Samba hingelegt. Prompt öffne ich wieder meine Tasche, die ich eben erst geschlossen hatte. War meine Fahrkarte jetzt drin oder nicht? Als ich suchend meinen Blick senke – vielleicht habe ich sogar eine Träne im Auge –, verändert sich Kayras Ton.

»Heeey, Mia, was ist dehääännnn? Ich hab doch nur Spaß gemaaaaacht. Ich werde Burhan ganz bestimmt ausquetschen wie ’ne Zitrone, ich verspreche es dir!« Sie zupft plötzlich an meinem Ärmel. »Was suchst du eigentlich andauernd?«

»Nichts, wieso?« Ich fühle mich ertappt.

»Dein Schülerticket ist da«, sagt sie und zieht es mit dem besserwisserischsten Blick, den man sich vorstellen kann, einfach aus der Tasche.

»Danke«, sage ich und schnappe danach.

Kayra hält es in die Luft. »Mia Mara, du hast einen **Taschenwühltick**!« Das sagt sie, als hätte sie die Entdeckung des Jahres gemacht und erwarte nun den Nobelpreis dafür.

»Habe ich nicht!«

»Doooooch. Du hast heute schon tausend Mal nachgesehen, ob du dein Schülerticket dabeihast!«

»Ich hab nur vergessen, ob ich es eingesteckt habe. Gib her!«

»Vergessen? So oft hintereinander? Du bist doch sonst so ein schlaues Mädchen. Niemand kann sich Sachen so gut merken wie du.«

»Gib mir mein Ticket!«

»Wetten, dass du einen Tick hast?! Einen **Tickettick**«, sagt Kayra und sieht mich frech an. Sie versteckt meine Schülerfahrkarte hinter ihrem Rücken.

»Gar nicht wahr, hör jetzt auf!«, befehle ich ihr. Und damit sie auf keine weiteren dummen Ideen kommt und nicht mehr auf der Sache mit dem Tick rumreitet, ändere ich schnell meinen Ton. »Äh … und du fragst Burhan ganz bestimmt?« Dabei ziehe ich an ihrem Arm und versuche, an meine Fahrkarte zu gelangen.

Kayra wird auf einmal gnädig. Mein Ablenkungsmanöver hat funktioniert, oder sie hat plötzlich Mitleid mit mir. Jedenfalls reicht sie mir nun mein Ticket, dann blinzelt sie mich mit ihren grünbraunen Manga-Augen an. »Das hätte ich sowieso gemacht. Auch ohne dass du mir *Mister No* vorher vorbeibringen musst. Hey, ist doch Ehrensache!«

05

GESCHAFFT! ICH BLÄTTERE die aktuelle Folge durch. *Mister No und seine neue Flamme.* Ich muss zugeben, die Geschichte ist nicht schlecht geworden. Aber ich bin mir immer noch nicht sicher, ob es eine gute Idee war, auf Kayra zu hören und Mister No eine Lovestory anzudichten. Wie werden wohl morgen alle reagieren, wie werden sie es finden? Ich bin so aufgeregt. Hoffentlich schleudern die Jungs mir das Heft nicht um die Ohren. Außerdem möchte ich natürlich mir selbst und meiner Idee treu bleiben. Denn ursprünglich war ja überhaupt nicht geplant, dass Mister No sich verliebt.

Es fröstelt mich. Kein Wunder, jetzt erst bemerke ich, dass mein Fenster die ganze Zeit über gekippt war. Es ist also nicht nur die Aufregung, die mich innerlich schaudern lässt. Ich beuge mich über den Stapel frisch kopierter *Mister No*-Hefte, schließe das Fenster und sehe kurz hinaus. Draußen ist es nass und fast schon stockdunkel. Zum Glück ist Kayra nicht auf meinen Bestechungsversuch von Freitagmittag eingegangen. Sonst müsste ich mich gleich auf den Weg machen, um ihr ein Exemplar zu bringen.

Eva und Adem lassen mich heute Abend in Ruhe. Ich

brauchte nicht mal mit ihnen zusammen zu essen. Sie wissen inzwischen, dass ich montagabends immer etwas gereizt bin. Adem hat mir belegte Brötchen ins Zimmer gebracht und einen heißen Kakao. Und vorher haben er und Eva mir geholfen, die Comics fertigzustellen. Genau wie sonst. Eva kopiert die neueste Folge montags, wenn ich in der Schule bin. Sie kommt auf dem Weg zur Arbeit am Copyshop vorbei. Das passt ganz gut. Abends legen wir die richtigen Seiten aufeinander und tackern sie dann zusammen. Der Montag ist in unserem Familienkalender in der Küche als fester Verlagstag rot eingekreist.

Auch wenn eigentlich meine Eltern und nicht Kayra die allerersten Leser der aktuellen *Mister No*-Folgen sind, zählt das nicht, denn ich habe ihnen verboten, irgendetwas dazu zu sagen. Sie dürfen nicht mit der Wimper zucken, nicht die Nase rümpfen, die Augenbrauen heben oder senken, ihre Augen dürfen nicht aufleuchten. Und wehe, einer der beiden hüstelt oder muss niesen. Alles kommt mir vor wie ein Kommentar. Und den will ich vor der Veröffentlichung auf keinen Fall haben. Heute war ich aber besonders anstrengend, glaube ich: »Was meinst du damit?«, habe ich Eva angefaucht.

Meine Mutter hat erschrocken aufgeschaut. Fast sind ihr dabei die Seiten eines kompletten Comicexemplars aus der Hand geflattert. »Womit?«

»Warum hast du eben mit deiner Nase gewackelt?«

»Also wirklich, Mia! Sie hat gejuckt. Ich habe schließlich beide Hände voll zu tun.«

»Aha! – Und du, Adem?« Ruckartig habe ich mich an

meinen Vater gewandt, der sich schon auffällig lange mit dem Tacker beschäftigt hatte.

»Was, ich? Anwesend!«, hat er mit dem unschuldigsten Blick, den man sich nur vorstellen kann, gerufen.

»Warum hast du Eva eben so angeguckt?«

»Hä? Nö, hab ich nicht!«

»Doch, Adem, hast du!«

»Nein. Ich wollte nur sehen, ob ich ihr helfen muss, die Blätter einzusammeln.«

»Ach!«

»Meine egozentrische Künstlerin!«, hat Eva gesagt und dabei mit den Augen gerollt. Dann musste ich mit ansehen, wie meine Eltern sekundenlang grinsend den Kopf um die Wette geschüttelt haben. Diese Art der Kommentierung erlauben sich meine Eltern trotz meiner Verbote immer. Da sie nicht meine Werke betrifft, sondern nur mich selbst, lasse ich es ihnen durchgehen.

Na ja, und nun sind die Hefte endlich fertig, und ich kann nachher bestimmt nicht einschlafen. Ich setze mich wieder an meinen Tisch. Irgendwo in der Schublade muss er sein. Ich habe mal einen Steckbrief über Mister No geschrieben. Eine Figurenbeschreibung, an der ich mich beim Zeichnen orientieren kann. Das ist jetzt mindestens drei Jahre her. Der Steckbrief steht in einem Heft, das ich angelegt habe, bevor ich mit dem Comic begann. Darin ist eigentlich alles über Mister No und die Idee festgehalten. Quasi ein Making-of-Buch. Ich habe es seitdem nicht ein Mal mehr angucken müssen. Aber nun ist die Zeit gekommen, fürchte ich.

Ich packe eine Menge Kram aus der Schublade. Lauter kleine Pappkistchen, in denen ich alles Mögliche gesammelt habe. Fein säuberlich sortiert. Da ist eine Kiste mit verschiedenen Sorten Kaugummis, eine für angebrochene Taschentuchpäckchen, für Ersatzknöpfe, die ich von neuen Klamotten abgeschnitten habe, für schmierende, abgerubbelte Radiergummis und für längst unscharfe und mit Bleistiftspänen vollgefüllte Anspitzerdöschen. Unter den Kisten kommen alte Schulhefte zum Vorschein. Auch Heftumschläge, Vokabeltrainerkärtchen, aber … Wo ist es bloß? Und dann auf einmal finde ich das rote A4-Heft. Ganz unten liegt es. Ja, ich habe mit einem Edding groß »Mister No« daraufgeschrieben. Sofort schlage ich das Heft auf. Mal sehen, auf einer Seite in der Mitte steht:

Wer ist Mister No?

Mister No ist 2,23 Meter groß und fast genauso breit. Er ist ein mutierter Frankenstein-Urenkel mit nur manchmal oder nur halb funktionierenden Superkräften. Dabei hat er von fast jeder allseits bekannten Superkraft etwas abbekommen. Zum Beispiel verwandelt Mister No seine Hautfarbe wie Hulk, wird aber lila, denn für die Stufe »Grün« reicht es nicht aus. Er kann zwar mit den Augen Laserstrahlen verschicken, da er aber ein wenig schielt, trifft er selten die beabsichtigten Ziele. Er kann seine Glieder verlängern, allerdings maximal 1,50 Meter. Meistens ist das nicht lang genug.

Mister No hat auch viele Kräfte, die er per Zufall entdeckt. Klar, dass sie fast immer in den entscheidenden Momenten ausfallen. Dann kann er richtig wütend werden, und man muss sich vor ihm in Acht nehmen. Doch nicht weil er gefährlich ist. Denn eigentlich hat Mister No ein butterweiches Herz. Sein gottgegebener Auftrag ist superheldtypisch: Er ist ein Retter in der Not. Aber es gibt viele, die wünschten, im Notfall käme die Feuerwehr und nicht er.

Ach ja, er heißt Mister No, weil die Hebamme bei seiner Geburt »Oh no!« gerufen hat und vor Schreck umgefallen ist.

Weiter vorne entdecke ich eine Beschreibung, die ich mit Bleistift in eine Heftecke gekritzelt habe:

Mister No ist eigentlich das genaue Gegenteil von mir. Er ist fies, mies, megafrech und doof. Er ist hässlich, eklig und ein echter Chaot = ???

Als ich diese Zeilen lese, klappe ich das Heft schnell zu. Wie peinlich ist das denn? Wenn das jemand liest, blamiere ich mich bis auf die Knochen. Es klingt total eingebildet und widersprüchlich. Ohne nachzudenken, greife ich in eines der Kistchen und suche einen Radiergummi heraus, der noch nicht völlig verschmiert ist. Ich muss die Sätze unbedingt für alle Ewigkeit beseitigen.

Das Gleichheitszeichen und die Fragezeichen habe ich eben wohl übersehen. Warum habe ich die da hingeschrieben? Moment mal … Ich erinnere mich wieder. Es ist, als öffne sich für mich ein Tor in längst vergangene Zeiten. Es knarrt ganz schön, so alt ist die Erinnerung an das, was ich längst vergessen hatte. Düstere Gedanken überfallen mich. Ich trete ein in eine Welt, die mir schon total fremd geworden ist, die ich aber trotzdem noch ganz gut kenne. Ich gehe durch einsame, stille Gänge, betrete Zimmer, in denen die Gegenstände verstaubt sind. Alle längst verlassen. Angst. Und plötzlich steht **er** vor mir: Herr Mönchskraut. Mein alter Mathelehrer. Genau! Er war der Grund dafür, dass mir Mister No überhaupt eingefallen ist.

Ich habe diesen Mann gehasst. Und er wahrscheinlich mich. Bei ihm habe ich nichts, rein gar nichts kapiert. Ich habe im Unterricht immer rumgekritzelt, statt mitzuschreiben. Eines Tages habe ich Herrn Mönchskraut karikiert. Und ja, er war das genaue Gegenteil von mir. Aber ich hatte Glück. Als meine Inspirationsquelle endlich unsere Schule verlassen hatte – warum eigentlich? –, wurde ich besser in Mathe, sehr viel besser. Und während ich meine Comicserie entwickelte, sah Mister No zwar weiterhin so hässlich aus, wie ich ihn ursprünglich gezeichnet hatte, allerdings bekam er allmählich viel mehr heldenhafte Züge. Nur so kann ich mir erklären, wieso ich mit der Zeit vergessen habe, wer Mister No anfangs unfreiwillig Modell gestanden hat.

Ich radiere jetzt doch nur die Fragezeichen weg und schreibe stattdessen »Herr Mönchskraut« hin, damit mir das nie wieder entfällt.

Als ich das Heft zum zweiten Mal aufklappe, weiß ich plötzlich auch, warum der furchtbarste Mathelehrer auf der ganzen Welt damals gegangen ist. Er hatte sich tatsächlich verknallt und sich für seine große Liebe in eine andere Stadt versetzen lassen. Früher war das eine Sache, die mich überhaupt nicht interessiert hat. Ich war nur froh, dass ich ihn los war und mir somit der Einblick in die Geheimnisse der Rechenkunst ab sofort nicht mehr verwehrt war. Es war unglaublich klasse, zu erkennen, dass die schlechten Mathenoten nichts mit meinen Fähigkeiten zu tun hatten. Na ja, heute sehe ich das mit der Liebe gaaanz anders. Hey, schließlich bin ich Finn begegnet! Ja, und nun gewinnt die Erinnerung an die Verliebtheit des Mister-No-Prototyps auch eine völlig andere Bedeutung. Ich bin auf eine seltsame Art erleichtert. Wenn **er** sich verlieben konnte, wieso sollte es Mister No dann nicht auch können?

Ich räume alle Hefte und Pappkistchen wieder in die Schublade. Die Hefte der neuen *Mister No*-Folge packe ich in eine extraharte Ledertasche, die ich für den Transport immer von Adem geliehen bekomme. So können sie nicht zerknicken. Mein wiederentdecktes altes Making-of-Buch lege ich auf meinen Schreibtisch. Morgen nach der Schule muss ich noch mal reinschauen. Vielleicht gibt es weitere Dinge zu entdecken. Aber inzwischen bin ich richtig müde.

Bevor ich mich schlafen lege, will ich meinen PC herunterfahren. Dabei fällt mein Blick auf den Notizzettel, den mir Frau Tremer gegeben hat. *Heldenhaft* heißt der Comic-Wettbewerb. Ich gebe in den Browser www.lifwub.de/comicwettbewerb_ heldenhaft/ ein und überfliege die Seite. Dabei zieht sich mein Inneres zusammen. Es gibt zwei Alterskategorien. Einmal die Kinder und Jugendlichen und dann noch die Erwachsenen. Die Jury entscheidet, welche der Einsendungen so gut sind, dass die Bewerber zum Finale nach Berlin eingeladen werden. Die Finalisten müssen dort ihr Können vor den Augen der Jury erneut unter Beweis stellen und eine Aufgabe lösen. Die Zeichnung, die der Jury am besten gefällt, gewinnt. Nein. Nein. Nein. Wenn ich die Beispielbilder dort sehe, verlässt mich der Mut. Das sieht alles so professionell aus. Und die Jury besteht aus Koryphäen, aus echten Dinos der Comicwelt. Nö. Ich gehe jetzt lieber schnell ins Bett!

Meinen Grafitstift brauche ich heute nicht anzuspitzen. Er liegt im Kasten. Der Deckel ist zugeklappt. Ich weiß, dass die beschrifteten Seiten aller Stifte nach oben zeigen und sie in der richtigen Reihenfolge liegen, schön nach Härtegraden sortiert. Auch wenn ich sie nicht durchzählen muss, sage ich laut »Sechzehn« und rücke den Kasten auf dem Tisch zurecht, bis die rechte Seite meines Zeichenblocks und die untere Kante des Kastens einen rechten Winkel bilden.

Mit der Gewissheit, dass mein Schreibtisch ordentlich ist, hat meine Aufregung wegen des Wettbewerbs etwas nachgelassen, und ich gähne laut. Ich greife nach meinem Kissen, schüttele es auf und werfe es zurück auf mein Bett. Dann schlage ich mit der rechten Handkante wie ein Karatekämpfer dreimal in die Mitte, damit eine Mulde entsteht. Genau da kommt mein Kopf hinein.

Als ich im Bett liege, muss ich wieder an Herrn Mönchskraut denken. Zum Glück hat er damals seine Liebe gefunden. Ich hätte es nie für möglich gehalten, aber ich bin ihm dafür sehr dankbar. Nun habe ich ein viel besseres Gefühl, was die neue *Mister No*-Folge angeht. Wie romantisch eigentlich: Herr Mönchskraut hat sich extra in eine andere

Stadt versetzen lassen, nur wegen der Frau, in die er sich verliebt hat. Finn! Ob er und ich gut zusammenpassen würden? Ob wir auch mal ein Paar werden?

Plötzlich fällt mir Sarah ein. Warum ist sie ständig bei ihm? Ob Finn Sarah gut findet? Sind sie vielleicht sogar schon zusammen? Ach, Mann! Ich kann es gar nicht erwarten, zu erfahren, was Kayra über ihn rausgekriegt hat. Ich schließe die Augen und denke an die Nanosekunde, in der seine Augen meine berührt haben. Gute Nacht, Finn!

06

GERADE IST MISTER NO im Fluss untergegangen. Doch jetzt: BLINK! Haikumesserscharfe Titaniumkrallen blitzen über der Wasseroberfläche auf, wie die Flossen von Haifischen, und dann WHOOSH. Mister No lebt! Er hat sich in letzter Sekunde an seine Superkraft erinnert und den Umhang zerschnitten. JUBEL!

Eleonora wartet auf der Brücke auf ihn. »Mein Held!«

Mister No krault mit riesigen Schaufelbewegungen vorwärts, schießt Spinnenfäden nach oben, die sich fest ums Brückengeländer legen. WHUMP. Ein Ruck, und schon steht er neben ihr. Er weiß, er hat seine große Liebe gefunden. Für sie würde er alles tun. Er würde sogar Neubergshill verlassen und ihr überallhin folgen. Triefend nass, ergreift er ungewöhnlich sachte ihre Hand.

Der Kapitän des Dampfers lässt einen Scheinwerfer auf die beiden richten. Jemand macht Musik, die das Liebespaar über das Megafon erreicht. DREH. DREH. DREH. Eleonora dreht sich ununterbrochen um die eigene Achse. Sie ist himmlisch schön, ihre Bewegungen

sind geschmeidig und feenhaft. Ein ungleiches Paar! Vielleicht glaubt sie, er wird sich verwandeln, wenn sie ihn küsst? Mister No hält sie ganz sanft an der Hand, bis ... ja, bis er sie immer schneller dreht. Immer schneller, immer schneller.

Kayra hat die ersten fünf Doppelseiten sofort verschlungen. Ich beobachte angespannt den Weg ihrer Pupillen. Als sie an der Stelle angekommen ist, in der Mister No seine Lady wie verrückt durch die Luft wirbelt, halte ich es nicht mehr aus.

»Na?«

Kayra bewegt sich nicht.

Ich trete auf der Stelle hin und her. Was denkt sie wohl? Wir sind auf dem Mädchenklo, hinten auf dem Schulhof. Da ist morgens meistens niemand. Kayra und ich verstecken uns jeden Dienstag vor der Schule dort und vollziehen die Comicübergabe. Die anderen dürfen das nicht wissen. Für sie geht es nicht vor der großen Pause los.

In den ersten beiden Stunden haben wir dienstags Deutsch und in der dritten Klassenlehrerstunde. Frau Tremer weiß, dass nach ihrem Deutschunterricht das große Austeilen der Comics beginnt, und manchmal schickt sie uns fünf Minuten früher in die Pause. Das ist ihr lieber, als wenn wir danach zu spät zur dritten Stunde erscheinen, weil ich vielleicht mit dem Verkauf noch nicht durch bin. Übrigens kauft sie mir inzwischen auch jede Woche zwei Exemplare ab. Eins für ihre eigene Sammlung und eins für ihren zehnjährigen Neffen.

»Na?«, frage ich ein zweites Mal.

Kayra reagiert nach wie vor nicht. Und da ich nichts anderes zu tun habe, als auf ihre Meinung zu warten, fällt mein Blick in den Spiegel.

Neben Kayras Mähne sehen meine glatten kastanienbraunen Haare aus wie zu weich gekochte Spaghetti. Am liebsten hätte ich die gleiche Frisur wie Pink oder Miley Cyrus, doch wegen meiner abstehenden Ohren kann ich das vergessen. Ich muss meine Haare mindestens schulterlang tragen, um die Ohren zu verdecken. Schulterlang ist allerdings immer noch besser als diese Hundertmeterfrisuren, die heute fast jeder hat.

Ich hole meine Bürste heraus und will mir wenigstens ein bisschen Volumen in die Haare toupieren. Schließlich kann ich Finn jederzeit begegnen. Meine Tasche hänge ich mir über die Schulter, nur wohin mit Adems Lederkoffer? Ich blicke auf den feuchten Boden. Keine Chance. Da stelle ich ihn nicht ab. Ich halte mich ohnehin nie gerne auf Toiletten auf, auf öffentlichen schon gar nicht. Aber dass ich ausgerechnet immer hier ein Urteil über mein Werk abwarten muss, ist einfach **bäh**! Gründlich geputzt hat hier wohl seit Längerem niemand.

Mein Blick wandert die verschmierten Kacheln an der Wand rechts neben den Waschbecken hinauf. Dort kleben Kaugummis, gelbe und rosarote und welche in undefinierbaren Farben. Manche Schülerinnen haben Kippen an den Kacheln ausgedrückt, die einen gelblich rußigen Fleck hinterlassen haben, andere haben mit Edding, Filz- oder Lippenstift irgendwelche dummen Sprüche auf die Wand geschmiert. Sprüche, die ich schon hundert Mal gelesen habe. Doch dann entdecke ich etwas Neues, und mir wird auf der Stelle übel. Da ist ein rotes Herz aufgemalt, und mittendrin steht: »Finn«.

Nein, das kann nicht sein!, rede ich mir ein und versuche mich zu beruhigen. Es ist bestimmt ein anderer Finn gemeint. Trotzdem lässt mich der Gedanke nicht los, dass es Sarah gewesen sein könnte, die seinen Namen an die Wand geschrieben hat. Panik erfasst mein Herz. Ich muss etwas tun, ehe es zu spät ist!

»Kannst du bitte kurz die Tasche halten?«, frage ich meine Freundin. Erst einmal muss ich mich jetzt schön machen!

»Was? Oh, ja klar«, sagt Kayra, die ganz in die *Mister No*-Welt versunken ist, streckt ihre Hand aus und nimmt mir meine Tasche ab, ohne mit dem Lesen aufzuhören.

Ich bücke mich nach vorne, lasse meine Haare über Kopf nach unten hängen und fange an, sie zu bürsten. »Hast du etwas über Finn erfahren?«, frage ich Kayra.

Nichts.

»Kayra?«

Nichts.

Nach ein paar Bürstenstrichen erspähe ich aus den Augenwinkeln, wie meine liebe, völlig abwesende Freundin meine Tasche abstellt. Und zwar direkt auf die feuchten, verschmierten Fliesen unseres Schulklobodens, auf denen schon halb aufgelöste Klopapierstücke und Papiertuchfetzen kleben. Oh no! »Kayraaaa!«, rufe ich geschockt. »Was machst du da?«

Sie schreckt zusammen und taucht tatsächlich aus der Comic-Dimension auf. »Was? Was ist los?«

Ich hebe die Ledertasche schnell hoch. **Ächz.** »Wenn wir nicht auf der Stelle rausgehen, muss ich mich übergeben.«

Kayra sieht mich völlig verständnislos an. »Wegen der Tasche?«

Oh nein. Keine Lust auf ein weiteres Marottengespräch! »Ähm, egal, komm mit!«, sage ich und muss zusehen, wie meine Freundin sich trotzdem wieder in den Bann meiner Geschichte ziehen lässt. Ihr Gesichtsausdruck ist der gleiche wie vorhin. Ihre riesigen Pupillen wandern von links nach rechts, von oben nach unten. Sie nimmt gar nichts anderes mehr wahr. Nur die zweiundneunzigste handgebundene Folge von *Mister No*.

Zum Glück läutet es, und ich stecke den Kopf aus der Tür. Es ist totenstill da draußen. Nun kapiere ich, dass dies schon das zweite Läuten war. Das bedeutet so viel wie: Wer nicht bei fünf in der Klasse ist und auf seinen vier Buchstaben sitzt, bekommt einen Klassenbucheintrag. OMG. »Looos, Kayra! Wir müssen schnell hoch in die Klasse!« Ich packe meine Freundin am Arm und ziehe sie hinter mir her.

Wir huschen an ein paar gestressten Last-Minute-Eltern mit dunklen Augenrändern vorbei, die ihre Kinder aus den jüngeren Jahrgängen im allerletzten Moment in die Schule schleusen wollen. Ich wette, die hatten bisher keinen Kaffee. Die kleinen Kerlchen, auf deren Rücken bei jedem Schritt die riesigen Ranzen hin und her hoppeln, wirken nicht minder verschlafen. Außerdem sind da ein paar ältere Alles-egal-Typen, die jede Hoffnung aufgegeben haben, jemals den Sinn der Institution Schule zu kapieren, geschweige denn den Stoff, der dort vermittelt wird. Für sie bedeutet der zweite Gong null und nichts. Deswegen bewegen sie sich – wenn überhaupt – wie Landschildkröten vorwärts, an denen wir vorbeiflitzen wie junge Gazellen.

Na super. Auf dem Weg in die Klasse begegnen wir ausgerechnet Sarah und ihrer Freundin. Was haben die noch hier zu suchen? Als ich sehe, dass Sarah dem anderen Mädchen ein Lipglossfläschchen in die Hand drückt, vermute ich, dass sie auf dem Weg in ihr Klassenzimmer sind und wahrscheinlich ebenfalls gerade auf Toilette waren. Bestimmt gehört Sarah zu den Mädchen, die immer in Begleitung aufs Klo gehen müssen. Und auch wenn wir es eilig haben, bekomme ich mit, was sie sagt. »Weißt du was? Ich frage Finn gleich, ob er nach der Schule mit mir in die Eisdiele gehen möchte!« Sarah gluckst und fährt sich durch die blonden Haare. **Boom.** Die Tür knallt zu, und die beiden Mädchen verschwinden in ihrer Klasse. Es ist so still, dass unsere Schritte im kahlen Treppenhaus widerhallen.

Ich wünschte, ich hätte nicht gehört, was ich gehört habe. Geknickt wie nie zuvor bin ich, als wir vor dem Klassenzimmer ankommen. Vor der Tür steht keiner mehr. Unglaublich, Kayra blättert immer noch hin und her. Aber jetzt werde ich auf ihre Meinung zur neuen *Mister No*-Folge erst mal warten müssen, zumindest bis die erste Stunde Unterricht um ist.

»Wir sind da, Kayra. Pack's jetzt weg!«, befehle ich.

Augenblicklich kommt meine Freundin in der Schulrealität an. Endlich klappt sie das Heft zu und verstaut es in der Tasche, und ich ziehe meine Freundin in den Klassenraum hinein.

»Guuuuuuteeeeen Mooooorgeeeen, Frau Treeeemeeeer!« Wir stimmen in den Chor ein, auf dem unsere Lehrerin immer besteht, und setzen uns auf unsere Plätze – ich mit einem beschwichtigenden Grinsen, Kayra mit einem Megahypno-Blick, der diesmal Frau Tremer gilt.

Frau Tremer öffnet den Mund, sieht im letzten Moment meine von Adem geliehene *Mister No*-Tasche und ist sofort im Bilde. Ein strenges »Aha!« kann sie zwar nicht unterdrücken, widmet sich dann aber gleich unserem »Philipp dem Dritten mit doppel-p und einem l«, der wieder mal seine nachgeholten Hausaufgaben vorzeigen muss und mit aufgeschlagenem Heft schon pflichtbewusst an ihrem Pult steht.

Ich hole schnell mein altes Baumwolltuch aus der Tasche und stopfe es mir in den Ärmel. So ist es mir ganz nahe, und ich kann unauffällig Knubbel fühlen, um mich zu beruhigen. Doch heute hilft mir das nicht so sehr. Ich kann Frau Tremer kaum folgen. Erste große Frage: Wie wird mein Comic ankommen? Und zweite große Frage: Was hat Kayra über Finn herausgefunden? Außerdem muss ich ständig an das Herz an der Klowand und an Sarahs Bemerkung denken. Ob Finn mit ihr Eis essen gehen wird?

Ich sehe zu Kayra hinüber. Sie scheint sich auch nicht sonderlich auf den Unterricht konzentrieren zu können. Die neue *Mister No*-Folge liegt auf ihren Knien, und sie liest unter dem Tisch heimlich weiter. **Tz. Tz.**

07

MISTER NO TANZT mit seiner Eleonora und wirbelt sie durch die Luft. OUCH! Plötzlich schreit die Señora aus heiterem Himmel auf. Ihr Blick verdunkelt den Horizont. Die Lady stolpert über ihre eigenen Füße, kann keinen Halt mehr finden und stürzt über die Brüstung in den Fluss.

HEEELP! Die Menschen auf den Schiffen, die alles mit angesehen haben, schreien, Mister No ist außer sich. Seine große Liebe ist in Gefahr. Er hat sie in diese Situation gebracht. OH NO! OH NO! Er muss sie retten.

Wieder beginnt er sich zu verwandeln. Mister No wird lila, einige Gliedmaßen schwellen an, andere schrumpfen, seine Titaniumkrallen fahren raus. Auch sein Umhang ist wieder da, aber er kann einfach nicht abheben, er ist wie gelähmt. Jetzt verlängert sich sein Arm, doch er kann seine Lady nicht erreichen, es fehlen fünfunddreißig Zentimeter.

Mister No wird immer wütender, er wird rot, und dann – wo kommt das denn her? – schießt er Feuerbälle. Das hat er bisher nie gemacht. Vor Schreck schüttelt er seine Hände. Die Flammen zischen wie ein Feuerwerk in die Luft, gefährden die Passanten und landen im Wasser. TSOSH! OH NO! OH NO!

»Was macht er da?« Alle schreien.

Inzwischen Blitzlichtgewitter. Die Presse steht auf der Brücke. Wird Mister No seine Señora retten, oder hätte nicht lieber jemand die Küstenwache rufen sollen?

Ding. Dang. Dang. Doooong. Meine Rettung! Es gibt wahrscheinlich nur wenige Momente, in denen ich mir etwas so sehr herbeigesehnt habe wie den Gong zur Fünfminutenpause.

Kayra wühlt in ihrer Tasche. Sie hat inzwischen den Comic eingepackt, und weil ich Angst habe, dass sie schon wieder weiterlesen möchte, gebe ich ihr einen kleinen Schubs.

»Was denn?«, mault sie und kramt ungestört ihr Pausenbrot hervor.

»Lass uns hier in der Klasse bleiben, ja?«, sage ich, da ich jede Ablenkung von Kayra durch andere Klassenkameraden unbedingt vermeiden will.

Kayra nickt, beißt in ihr Brot, und dann kaut sie hundertdreiunddreißig Mal auf dem winzigen Bissen herum. Schließlich lächelt sie mich an und spricht mit strahlenden Augen endlich die erlösenden Worte aus: »Super! Echt megamäßig! Wirklich klasse Idee, dass aus Mister No's Fingern Feuerfunken sprühen!«

»Ja?«

»Jo!«

Und jetzt, wo Kayra erzählt, sie sei noch nicht durch, habe sich aber bereits alle Bilder angesehen und sie seien so **boah**, sie fände wieder mal keine Worte, brauche ich gar nichts mehr weiter zu erfahren. Ich umarme Kayra. So ist sichergestellt, dass ich nicht abhebe vor Erleichterung.

»Danke!«

»Ich danke **dir**, Dummerchen! Du musst was aus deiner Begabung machen, ich schwör's dir! Ich kann mich nur wiederholen, du …«

Gerade überlege ich, wie ich meine Frage zum Thema Finn loswerden könnte, ohne Kayra zu unterbrechen, da hält meine Freundin plötzlich von alleine inne. »Was hast du?«

Wer weiß, wie ich wieder geguckt habe. Mein Vater sagt immer, mein Gesicht spräche für sich und man könne darin lesen wie auf einer XXL-Leuchtreklame am Times Square. Deswegen könne ich nichts für mich behalten. Da hat er wohl recht.

»Ah, ich verstehe …«, sagt Kayra und fasst sich an die Stirn. »Logo! Dir geht's um den **Eye-Candy**!« Sie lacht und plaudert völlig unbedacht los. »Also, halte dich fest …!«

»Nicht so laut, Kayra, bitte!«

»Okay, also …« Sie beginnt von vorne, allerdings um einige Lautstärkestufen zurückgedreht. »Burhan findet ihn cool. Finn sei voll in Ordnung. Er ist ganz gut in der Schule und hat **keine** Freundin!«

Sarah und Finn sind nicht zusammen! Als ich das höre, fällt mir ein Stein vom Herzen, den mir Kayra allerdings gleich wieder einsetzt. »An deiner Stelle würde ich mich beeilen!«, sagt sie. »Der bleibt nicht lange solo. Sämtliche Mädels hätten es schon auf ihn abgesehen. Ganz besonders diese Sarah aus unserer Parallelklasse.«

»Na toll!« Hoffnungslos wende ich mich der Tafel zu, und vor meinem inneren Auge erscheint das Herz auf dem Mädchenklo.

»Hey, Mara, nicht gleich entmutigen lassen«, flüstert Kayra und legt ihre Hand auf meinen Arm. »Ich hab noch nicht alles erzählt. Da gibt es etwas über ihn, was du dir **nie im Leben** hättest träumen lassen!«

Hä? Was denn?, denke ich, aber zum Fragen komme ich nicht mehr.

Meine Freundin fühlt das Tuch in meinem Ärmel. »Was ist das?«

Ich erschrecke und verstecke hastig meinen Arm hinter meinem Rücken. »Nichts, nichts. Nur ein … äh … Taschentuch.«

Kayra zieht skeptisch die Augenbrauen zusammen. »Quatsch. Das müsste ja ein riesiges Taschentuch sein!«

»Doch, ist es!«, behaupte ich.

»Du lügst!«, sagt Kayra und wendet sich kurz ab, um »Filip dem Mittleren mit F« seine Kreidemunition zurückzuschleudern, die sie gerade am Kopf erwischt hat. Ich nutze die Gelegenheit und stopfe mein Knubbeltuch schnell in die Tasche. Dann ziehe ich ein echtes Taschentuch aus der Hosentasche heraus. Als ich theaterreif laut hineinschnäuze, sieht mich Kayra erschrocken an. Ich schnäuze nämlich sonst nie laut. Ich lächele so gelassen, wie ich kann, und wedele mit dem Papiertuch vor ihrer Nase herum. »Siehst du?«

Meine beste Freundin kneift die Augen zusammen und tastet meinen Arm ab. Hm?! Sie sieht sich detektivisch misstrauisch um, aber kann weit und breit nichts Auffälliges finden.

»Mia Mara!«, sagt Frau Tremer streng, und erst da merke ich, dass sie längst wieder mit dem Unterricht begonnen hat. Zum Glück! Auch wenn sie meckert, ist das Hilfe im richtigen Moment. Kayra hätte sich nicht so leicht mit meinem Ablenkungsmanöver zufriedengegeben und vielleicht sogar darauf bestanden, in meine Tasche zu gucken.

»Ich verstehe ja deine Aufregung, trotzdem darf die Comicsache deine und unsere Aufmerksamkeit nicht so sehr vom Unterricht ablenken. Also, hör jetzt zu und konzentriere dich bitte.«

Ups. Klar, sie denkt natürlich, wir würden über *Mister No* reden. Das machen wir dienstags ja fast ausschließlich. Woher soll Frau Tremer wissen, dass meine beste Freundin gerade beinahe eine superpeinliche Marotte von mir entlarvt hätte? Und woher könnte sie wissen, was im Augenblick in meinem Herzen los ist und alle meine Gedanken beherrscht?

Ich nicke bedauernd und tue so, als würde ich mich zusammenreißen und mich nur noch dem Unterricht widmen. Dabei bricht in meinem Inneren ein Tornado aus. Oh Gott, oh Gott! Was ist es wohl, was ich über Finn wissen muss? Ich darf ihn auf keinen Fall an ein anderes

Mädchen verlieren. Und am allerwenigsten an diese eingebildete Sarah.

Ich sehe vorsichtig zu Kayra hinüber, doch sie hat längst auf unschuldigen, aber hoch konzentrierten Stand-by-Blick umgeschaltet, und nicht mal ihre Pupillen bewegen sich in meine Richtung. Hoffentlich kann wenigstens **sie** sich jetzt tatsächlich auf den Unterricht konzentrieren und tut nicht nur so. Ich glaube, es geht heute wieder um Adverbialsätze. Kausalsatz, Finalsatz, das haben wir schon durchgenommen. In Deutsch bin ich eigentlich ganz gut, wohingegen ich heute nicht mitbekommen habe, was Adversativsätze sind. Ich muss Kayra nachher fragen.

Auch als Frau Tremer die Stunde beendet und die große Pause beginnt, denke ich immer noch nur an eins. Ich klappe mein Deutschheft zu und stupse meine Freundin an, um endlich wieder mit ihr über Finn zu sprechen. Doch dann wandert mein Blick zwangsläufig weiter: Neben Kayra steht Tabea, hinter ihr Kerem, anschließend kommt »Philip der Erste mit einem l und einem p«, danach Marissa, und dahinter steht die ganze Klasse. Na ja, bis auf die Geschwister Konstanze und Theodor. Die mögen nach eigener Aussage keine Comics. Kayra vermutet aber, dass sie so einen »Schund« bestimmt nicht lesen dürfen. »Nee, ich glaube, die lesen wirklich lieber nur echte Bücher, solche ohne Bilder und von Goethe und so«, meinte mal »Filip der Mittlere mit F«.

Mir ist das egal. Ich halte nichts von Vermutungen, und ich bin nicht beleidigt, wenn jemand meine Sachen nicht lesen will. Mich interessiert im Augenblick ohnehin nur, dass meine Frage nach Finn wieder warten muss.

»Auf geht's«, sagt Kayra, und dann hilft sie mir, wie sie mir immer hilft.

Ich packe aus Adems Tasche – ich habe die ganze Zeit das Gefühl, sie stinkt, seitdem sie auf dem Kloboden gestanden hat – sämtliche *Mister No*-Exemplare aus. Kayra kassiert die fünfunddreißig Cent von unseren Mitschülern ein und hakt sie alle nacheinander auf der Namenliste ab. Wer bezahlt hat, kommt zu mir und lässt sich ein Heft geben, das ich vorher signieren muss.

Das mache ich erst seit letztem Jahr. Da hatte Amina die Idee, und seitdem wollen alle nur noch ein signiertes Heft haben. Ich hoffe bloß, es kommt niemandem in den Sinn, ich könnte **alle** alten Folgen nachträglich unterzeichnen, so wie Kayra es von mir verlangt hat. Ich habe es getan, aber nur für sie. Und ich habe ihr verboten, jemandem davon zu erzählen. »Nicht mal deiner albernen Plüschtiersammlung, okay?« Kayra war beleidigt, dass ich ihre Viecher, die nach wie vor ein ganzes Regal in ihrem Zimmer in Beschlag nehmen, »albern« genannt habe. Doch sie hat sich daran gehalten. Zum Glück.

»Mia M. Mara Kahraman« schreibe ich gefühlte sechstausend Mal, weil ich mir bei jedem einzelnen Exemplar wirklich Mühe gebe. Dazu verwende ich meinen extra-edlen Füller, den mir mein Opa aus Bursa geschenkt hat. Obwohl ich versuche, die Feder locker auf und ab zu schwingen, um richtig künstlerische Schleifen um meinen Namen zu kringeln, tut meine Hand total weh.

»Danke, Mia.«

»Bin megagespannt!«

»Du machst das so klasse, Mara!«

»Hey, echt cool wieder mal!«

Ich muss zugeben, dass ich mir wie ein kleiner Star vorkomme. Ganz besonders, als zum Schluss Frau Tremer kommt und sich ihre zwei *Mister No*-Hefte abholt.

»Mia, hast du dir überlegt, ob du dich zu dem Wettbewerb anmeldest, von dem ich dir vor einiger Zeit erzählt habe? Es ist nicht mehr lange hin, bis die Anmeldefrist abläuft.«

»Oh, na ja!«, sage ich. »Hab schon mal reingesehen, aber …«

»Also, ich finde, du solltest Mut haben. Du bist richtig gut. Ich kann es dir nur immer wieder sagen. Ich würde dich auch unterstützen und dir eine Empfehlung schreiben, wenn du eine brauchst.« Frau Tremer sieht mir tief in die Augen. »Überleg es dir noch mal. Versprochen?«

Ich glaube, ich werde rot. Jedenfalls fühlen sich meine Wangen heiß an, und ich kann nur nicken. Es beschämt mich irgendwie, wie sehr Frau Tremer darauf herumreitet. Sie hat überhaupt keine Ahnung, wie es sich anfühlt. Wenn ich mir vorstelle, dass meine Zeichnungen von einer Profi-Jury beurteilt werden, dann wird mir richtig mulmig zumute. Außerdem will ich jetzt überhaupt nicht daran denken. Stattdessen möchte ich endlich wissen, was Kayra noch über Finn sagen wollte.

»Du solltest tun, was Frau Tremer sagt«, meint Kayra, als sie mir das Geld und die Liste übergibt.

»Och nö, nicht du auch noch!«, sage ich leise, damit unsere Lehrerin nichts hört. »Erzähl mir lieber, was du über Finn erfahren hast!«

»Aber genau deswegen sage ich ja, du solltest bei dem Wettbewerb mitmachen«, flüstert Kayra geheimnisvoll.

»Hä?« Ich verstehe null und nichts.

»Er heißt übrigens Finn Vogel, und …«, fährt meine Freundin fort und schnappt sich einen der letzten beiden Comics, bevor ich sie einpacken kann, »… er ist fünfzehn, und das Heft brauche ich ganz dringend.«

»Für was denn?«, frage ich erstaunt. Das hat sie bisher nie gemacht.

»Für **wen**, meinst du«, sagt sie und zwinkert mir frech zu.

O-oh! »Du willst doch nicht etwa …« Jetzt kann ich kaum mehr reden. Am liebsten würde ich Kayra das Heft aus der Hand reißen.

»Neiiiiiin«, sagt sie. »Es ist nicht **ganz** so, wie du glaubst. Wo denkst du hin? Das Heft ist für Burhan.«

Und dann endlich scheint Kayra Mitleid mit mir zu bekommen und klärt mich auf. Wird ja auch Zeit, nachdem sie mich nun so lange auf die Folter gespannt hat. »Also, Finn und Burhan wollen wohl regelmäßig zusammen Mathe lernen, und Burhan war schon mal bei ihm. Daher wird Finn sicher bald bei uns aufkreuzen«, sagt Kayra und hebt und senkt mehrfach hintereinander ganz schnell und vielsagend ihre Augenbrauen.

»Na gut, aber … aber deswegen brauchst du ihm nicht gleich *Mister No* zu zeigen. Hey, wehe …«, sage ich und stelle mir die sich anbahnende Katastrophe vor. Blamage! Finn ist schließlich zwei Jahrgänge über uns und scheint ziemlich cool zu sein. Bestimmt findet er *Mister No* albern und kindisch.

»Miaaaa!« Kayra verdreht die Augen. »Jetzt pass mal auf: **Finn - zeichnet - auch - Comics!**« Sie betont jedes Wort einzeln, lehnt sich zurück und beobachtet genüsslich meine Reaktion.

In meinem Hirn rattert es. Mein Mund klappt auseinander. Kann das sein? Kann es solch einen Zufall überhaupt geben?

08

MISTER NO TROTTET achtlos in seinen Gemächern auf und ab. Sein Butler Alfred wirbelt hinter ihm her, fängt kommentarlos die Gegenstände auf, die der Hero beim Vorbeitrampeln umstößt. BUMM. BOING. KRACH. KLIRR. Teure Krüge, antike Büsten, kostbare Schalen, menschengroße Statuen. Alfred stapelt die edlen Stücke übereinander und trägt sie schwankend, als wäre er auf einem Schiff, zurück auf ihre Plätze.

Mister No ist zu Tode betrübt und stinksauer zugleich. GRRRR. Er ballt seine Pranken zu Fäusten. Seine dämonischen Augenbrauen sind zusammengezogen, so sehr, dass sie sich oberhalb der überdimensionalen Nase treffen. Seine eckige Stirn ist in Falten gelegt, sein wulstiges Kinn vibriert. Und auf einmal bleibt er stehen, fällt jämmerlich klagend auf die Knie: »Eleonora, Eleonora!«

Plötzlich spürt er eine Hand auf der Schulter. Er weiß, in seiner dunkelsten Stunde steht ihm nur einer bei: sein treuer Freund Alfred.

»Wenn du dich nicht anmeldest, dann mache ich das für dich!«, sagt die allerbeste und treueste Freundin, die man sich wünschen kann, am Telefon. Welch ein Zufall, dass ich gerade die Seite aufgeschlagen habe, auf der Alfred die Hand auf Mister No's Schulter legt. Trotzdem wehre ich mich.

»Spinnst du? Das kannst du gar nicht!« Ich richte mich auf meinem Bett auf und ziehe die Beine zum Schneidersitz zusammen. Es ist eigentlich richtig gemütlich. In der einen Hand meine beste Freundin, in der anderen mein Schnuff… mein Knubbeltuch, auf dem Bett die neue *Mister No*-Folge. Nur kann Kayra manchmal richtig aufdringlich sein. Langsam nervt die Sache mit dem Wettbewerb. Was hat sie eigentlich in der Schule damit gemeint? Was hat diese Ausschreibung mit Finn zu tun? Als ich sie das frage, kommt prompt ihre Antwort: »Nichts!« Und dann holt Kayra endlich ein wenig aus: »Ich wollte nur darauf hinweisen, dass er auch ein Comiczeichner ist. Deswegen solltest du etwas aus deinem Talent machen und weiter dranbleiben. Sonst nichts.«

»Aber ich habe doch gar nicht vor, mit dem Zeichnen aufzuhören«, wende ich ein.

»Jaaaa!« Vermutlich verdreht Kayra jetzt die Augen. »Nur könntest du langsam mal einen Schritt weiter gehen. Alle finden deine Comics so gut! Und stell dir mal vor, was Finn für Augen macht, wenn er erfährt, dass du sogar an einem richtigen Wettbewerb teilnimmst.«

Ich weiß selbst nicht, warum der Gedanke an den Wettbewerb solch ein Unbehagen in mir auslöst. Wenn ich an die Begeisterung meiner Klasse und sogar von Frau Tremer denke, bräuchte ich gar keine Angst zu haben. Heute in der dritten Stunde habe ich sie dabei erwischt, wie sie sich immer wieder zurückgelehnt und unter ihr Pult gesehen hat. »Schau mal. Was macht sie denn da?«, habe ich Kayra leise gefragt. Wir haben unsere Lehrerin eine Weile beobachtet. Sie hat mit ihren schulterlangen rostbraunen Haaren gespielt. Dann hat sie streng in die Klassenrunde geblickt, so als hätte sie alles im Griff, hat ihre runde Lesebrille zurechtgerückt und an ihrer Bluse gezogen, damit sie etwas lockerer um ihren rundlichen Bauch liegt. Zum Schluss ist ihr Blick wieder nach unten geglitten. Dank der vergrößernden Wirkung der Brillengläser hat man genau gesehen, wie ihre Pupillen hin- und herwanderten.

»Ganz klar«, hat Kayra plötzlich gesagt und gelacht. »Sie liest *Mister No und seine neue Flamme*!«

Wir haben uns solche Mühe gegeben, doch es ist verdammt anstrengend, leise zu kichern. Und gegen Ende der Stunde ist es losgegangen. Auf einmal sind Papierknäuel und Flieger zu mir rübergesegelt. Kayra war erst genauso erschrocken wie ich, dann hat sie mir geholfen, sie so unauffällig wie möglich einzusammeln und zu entfalten.

»Mia, du bist die Beste!«

»Echt krass!«

»Voll korrekt!«

»Fett, dein Mister No!«

»Voll coole Story, Mara, danke!«

»Deine Zeichnungen sind der Hammer!«

Und jetzt, jetzt versucht Kayra alles, um mich für den

Wettbewerb zu begeistern, und unterbricht mich ständig beim Nachdenken. »Was meinst du, wie beeindruckt Finn wäre, wenn du bei dem Wettbewerb sogar gewinnen würdest.«

»Gewinnen? Ich glaube, du träumst!«, sage ich. »Weißt du, dass da die Besten der Besten aus ganz Deutschland mitmachen und eine Profi-Jury die Comics beurteilt?«

»Ist doch egal, Mia. Du kannst dich echt auf dein Talent verlassen!« Kayra gibt nicht auf, und dann sagt sie auch noch etwas, was mich so richtig aus der Ruhe bringt. »Du solltest dich wirklich beeilen, ehe dir jemand Finn wegschnappt!«

O-oooh! Das ist wohl wahr. Diese Sarah hängt ja ständig bei ihm herum und läuft ihm dauernd hinterher. Und mich … mich kennt Finn nicht mal. »Was soll ich denn nur machen?« Plötzlich fühle ich mich ratlos, panisch und völlig verloren.

»Mia, du kommst doch morgen zu mir, oder?«

»Ähm, ja … das hatte ich vor. Aber wieso fragst du das?«

»Och, nur so«, sagt meine beste Freundin. »Ich habe nämlich eine Überraschung für dich!«

Dass Kayra so sehr hinter mir steht und mich aufmuntern will, finde ich richtig lieb. Sie will nicht auflegen, bevor ich ihr verspreche, mir die Internetseite zum Wettbewerb wenigstens noch einmal anzusehen. Und sie verspricht mir sogar, mitzufahren, falls ich tatsächlich in die Endauswahl komme. Nach Berlin, dorthin, wo das Finale stattfindet.

Und nun sitze ich hier auf meinem Bett, mit einem Versprechen auf dem Buckel und einem mulmigen Gefühl im

Magen. Ein Wettbewerb bedeutet, dass viel, sehr viel mehr Menschen meine Zeichnungen zu sehen bekommen werden als bisher. Fremde Leute – echte Profis – werden sich meine Geschichten angucken und beurteilen. OMG!

Widerwillig stehe ich auf und trotte im sonnenlosen Nachmittagslicht zum PC-Tisch, der eigentlich nur eine waagerecht aufklappbare Tür meines Regalschranks ist. Dort knipse ich das Licht an, bücke mich und drücke auf den Power-Knopf am alten Tower.

Bis der Computer hochgefahren ist, gehe ich an meinen Schreibtisch und sehe aus dem Fenster. Die Nachbarskinder toben jeden Tag auf dem Spielplatz gegenüber herum. Juli und Nora sind gerade da unten und rennen lachend und kreischend um das rote Sitzkarussell, dessen Farbe jeden Tag ein bisschen mehr abzubröckeln scheint. Sie flitzen hin und her, erobern den Kletterturm und die Wippe. Ihr Lachen steckt mich an, sodass ich kurz davor bin, mir meine Jacke zu schnappen, rauszugehen und mich auf eine Bank oder eine Schaukel zu setzen, nur um diesen fröhlichen Kindergartenmädchen noch näher zu sein.

Es fängt an zu tröpfeln. Auf einmal bleibt Nora stehen, sieht in den Himmel und streckt die Zunge heraus. Es dauert keine Minute, da gesellt sich Juli zu ihr, und die beiden sammeln mit ihren Zungen gemeinsam den Regen ein. Die Mädchen scheren sich nicht darum, dass sie nass werden, als der Regen stärker wird. Sie springen beide auf eine Schaukel und schwingen sich in wenigen Anläufen hoch, hinauf in die Lüfte. Sie schaukeln um die Wette, glucksen vor Freude. Und obwohl sie versuchen, immer ein wenig höher als die jeweils andere zu fliegen, haben sie trotzdem einfach nur Spaß.

Piep. Mein Computer macht sich nach ein paar Piepsgeräuschen mit dem Eröffnungssound bemerkbar und zieht mich vom Fenster weg. Vielleicht sollte ich versuchen, den Wettbewerb einfach nur als Spaß zu sehen und den dabei wirklich zu haben? So wie Juli und Nora gerade eben. Ich weiß nicht, ob ich das schaffe. Aber versprochen ist versprochen: Wenigstens sollte ich mir die Seite genauer ansehen.

Ich öffne den Internetbrowser, und weil ich die Seite nicht gespeichert habe, google ich nach den Worten »Heldenhaft – Comicwettbewerb«. Na ja. Ich könnte doch schon mal anfangen, die Bewerbung vorzubereiten. Ob ich sie abschicke, kann ich mir dann ja immer noch überlegen.

09

MISTER NO SIEHT HOFFNUNGSLOS zu Alfred. Er hat sein Bestes gegeben, um Eleonora zu retten. Alle haben es gesehen. Aber was hilft's? Auf der Anrichte stapeln sich die Zeitungen, und sie sprechen eine andere Sprache. FLASH NEWS!

»Superheld versetzt die Stadt in Angst und Schrecken!«

»Mister No dreht Frau fast zu Tode!«

»So nicht, Mister No!«

Zu den Schlagzeilen gesellt sich als Aufmacher in Großaufnahme mal das angstverzerrte Gesicht der Señora, mal die Feuer werfenden Fäuste des Heros in Kombination mit den schaurig schielenden Augen. Andere Bilder zeigen nichts als ein brennendes Inferno, das er allein angerichtet hat. O-OH!

Ich habe schon angefangen, meine Ideen für neue *Mister No*-Folgen in Form von Skizzen festzuhalten. Dazu muss ich immer wieder in der letzten Folge blättern, um zu prüfen, ob meine Einfälle als Fortsetzung passen könnten. Als ich auf die Uhr sehe, rufe ich die Worte aus, die ich zuletzt gelesen habe: »**O-oh!**« Es ist halb zwei. Ich lege den Stift beiseite. Jetzt muss ich mich beeilen. Kayra hat darauf bestanden, dass ich pünktlich bin. Ihre Mutter, Frau Alp, mag es nicht so gerne, wenn man zu spät kommt. Allerdings hat Kayra bisher noch nie so sehr darauf gepocht wie heute, dass ich nicht trödele. Ihr ist die Macke ihrer Mutter sonst eher peinlich. Ich verstehe auch nicht, was es Frau Alp angeht, ob ich zu spät komme, wenn ich mich mit meiner Freundin treffe. Aber vermutlich wartet sie wieder mit dem Essen auf mich, nachdem Kayra ihr meinen Besuch angekündigt hat. Und darauf freue ich mich schon sehr! Wenn ich bei Kayra esse, komme ich mir vor wie bei meinen Großeltern in Bursa. Außerdem sind die Kochkünste vom Ehepaar Alp um einiges vielfältiger als die meiner Mutter. Ist so. Sorry, Eva!

Beim Ideensammeln habe ich mich treiben lassen und dabei die Zeit völlig aus den Augen verloren. Und nun bleibt mir nur noch eine halbe Stunde, um zu Kayra zu fahren.

Schnell. Ich spitze meinen Grafitstift für Skizzen an und lege ihn in die leere Stelle im Kasten zwischen die Stifte mit den Härtestufen 4B und 6B. Bevor ich den Deckel zuklappe, drehe ich die beschrifteten Seiten aller Stifte nach oben und prüfe, ob sie in der richtigen Reihenfolge liegen, schön nach Härtegraden sortiert. Dann zähle ich alle Stifte durch, sage laut »Sechzehn« und rücke den Kasten so auf dem Tisch zurecht, dass die rechte Seite meines Zeichenblocks und die untere Kante des Kastens einen rechten Winkel bilden.

Ruck, zuck schlüpfe ich wieder in meine Jeans, die ich nach der Schule gegen meine superbequeme Trainingshose getauscht hatte. Keine Zeit, jetzt in den Spiegel zu schauen, ich muss **sofort** los. An der Tür, bevor ich mein Zimmer verlasse, werfe ich einen letzten Blick auf meinen Schreibtisch. Alles okay.

An der Garderobe ziehe ich in Windeseile meine Jacke und meine Schuhe an. »Tschau, Eva!« Ich öffne die Haustür, mache einen Schritt nach draußen. »Eva?«

Nichts.

»Adem?«

Nichts. Natürlich nichts. Ich rufe nach meinem Vater, obwohl ich weiß, dass er heute erst spät nach Hause kommen wird.

»Oh Mann!«, murmele ich und trete wieder in den Flur. Ich ziehe meine Schuhe aus und gehe in die Küche. »Eva?« Sie war doch eben noch da. Als ich aus der Schule gekommen bin, war sie gerade zurück von der Arbeit.

Ich durchsuche das ganze Haus, schaue im Bad, im Schlafzimmer meiner Eltern, im Gäste-WC nach. Nichts. Dann endlich: Auf ihrem Laptop auf dem Esszimmertisch klebt ein sonnengelber Notizzettel. »Bin gleich wieder da. Küsschen. Eva.«

Ich nehme den Stift und schreibe direkt darunter: »Bin bei Kayra. Küsschen zurück. Mia Mara.«

Na toll! Das musste ja sein! Vor mich hin meckernd tapse ich ein zweites Mal ins Bad, ins Schlafzimmer meiner Eltern, ins Gäste-WC. Alle Fenster zu? Ja. Alle Lichter aus? Ja.

Nun ist das Wohn- und Esszimmer, schließlich die Küche an der Reihe. Auch hier kontrolliere ich die Fenster, das Licht und nicht zu vergessen den Herd. Jeden Schalter schaue ich mir dabei einzeln an. »**Aus. Aus. Aus. Aus!**«, sage ich laut, um ganz sicher zu sein. Kaffeemaschine? AUS. Waschmaschine? Kein Betriebslicht am Leuchten, alle Schalter auf null. AUS.

Endlich kann ich gehen. Ich komme nur bis zur Anrichte im Esszimmer und mache plötzlich kehrt. Ist wirklich alles aus? Wie eine Schlafwandlerin muss ich aussehen. Kontrollgang Nummer zwei. Alles von vorne.

»**Schluss jetzt!**«, befehle ich mir, als ich wieder an der Anrichte stehe und meine Füße irgendwelchen Marottengesetzen folgen wollen, die ich nicht unter Kontrolle habe. Ich denke an Kayra und an Frau Alp und schaffe es. Ich fühle mich wie ein Held. Ich meine, wie ein echter, nicht so einer wie mein Mister No.

»Kayra, ich bin gleich bei dir!«, sage ich, nachdem ich die Haustür abgeschlossen und fünfmal am Türgriff gerüttelt habe, um ganz sicher zu sein, dass sie wirklich verriegelt ist. Endlich kann ich mich von unserem Haus lösen und erwische gerade noch den Bus. Als ich völlig außer Puste um die große immergrüne Hecke hetze, öffnet sich wie von Geisterhand die Eingangstür. Gruselig. Erst erscheint ein Kochlöffel, dann die riesigen Schnauzen von einem Tigerpantoffelpaar, schließlich Frau Alp als ganze Person. Es schaudert mich, und obwohl ich zu spät bin, verlangsame ich meine Schritte. Der Blick von Kayras Mutter ist unheimlich. Hilfe. Am liebsten würde ich auf der Stelle kehrtmachen. Doch auf einmal geht der Kochlöffel nach oben. Frau Alp hebt die Arme. »Mara! Hoşgeldiiiiin!«

Fehlalarm! Im positiven Sinne. Frau Alp heißt mich mit ihrem gewohnt strahlenden Lächeln willkommen. Im Gegensatz zu mir und Eva ähneln sich Kayra und ihre Mutter sehr. Ihre dunkelblonden Wellen hat Frau Alp heute hochgesteckt. Sie ist schlank, und die coole Jeans, die sie trägt, würde ich mir auch wünschen. Sie selbst ist sowieso ziemlich cool. Kein Wort verliert sie über meine zehnminütige Verspätung. Puh!

Als Frau Alp mich ins Esszimmer führt und ich den Promi-Dinner-reifen Tisch sehe, bin ich sprachlos. Das ist also die Überraschung, die Kayra mir gestern angekündigt hat! Bunt ist der Tisch, aber nicht wegen der Deko, sondern wegen der vielfältigen Leckereien, wegen des Inhalts der Schüsseln, Schalen und Servierteller, der mir sofort das Wasser im Mund zusammenlaufen lässt. Zum Glück habe ich zu Hause nach der Schule nur einen Crêpe gegessen und kann jetzt richtig zulangen.

Kayra, Burhan und Herr Alp sitzen bereits lechzend um das Festmahl. Ich stelle mir zumindest vor, dass sie es bis eben schwer ausgehalten haben. Wäre mir jedenfalls so gegangen. Außerdem hat Burhan schon den Löffel in der Hand und sieht so aus, als würde er jede Sekunde zulangen. Prompt habe ich ein schlechtes Gewissen. Zum Glück hatte ich Kayra von unterwegs angerufen und ihr Bescheid gegeben, dass ich nicht ganz pünktlich sein würde. Ich entschuldige mich trotzdem für meine Verspätung, als ich den Raum betrete und alle aufstehen, um mich zu begrüßen.

»Da bist du ja endlich. Ich war gerade am Verhungern!«, sagt Burhan, lässt sich auf seinen Stuhl fallen und spielt den Toten.

Mit einem leichten Klaps auf seinen Hinterkopf holt Herr Alp ihn wieder zurück ins Leben. »Herzlich willkommen, Mara!«, sagt Herr Alp und sieht mich direkt an.

So oft habe ich ihn noch gar nicht zu Gesicht bekommen. Zum ersten Mal entdecke ich, wem meine Freundin ihre einzigartigen Augen zu verdanken hat. Herr Alp ist ein Riese. Vermutlich ist er zwei Meter groß, zumindest fast. Oder es wirkt so, weil er ziemlich schlank ist. Jedenfalls trägt er keinen Ball in der Körpermitte wie mein Vater. Doch er ist ungefähr genauso alt wie dieser. Und Burhan kommt ganz nach Herrn Alp. Er hat die gleichen dunkelbraunen Haare, und er ist erst fünfzehn, aber trotzdem schon einer der Größten auf unserer Schule. Was seine freche, vorlaute Art angeht, ist er sicher der Allergrößte.

»Gibt es etwas zu feiern?«, frage ich Kayra leise, als wir die Suppe schlürfen. Bei den Alps schmeckt es **immer** sehr lecker, heute herrscht allerdings besondere Partystimmung auf dem Tisch.

Die Kerzen flackern, als meine Freundin mit den Schultern zuckt, ihre Suppe hinunterschluckt und genauso leise wie ich sagt: »Also, zum Beispiel, dass du meine Freundin bist und soooo lieb!«

HÄ? Mir zu Ehren haben die Alp-Eltern das alles gezaubert? Ich verschlucke mich fast und greife schnell nach der apfelgrünen Stoffserviette. Meine Bewegungen verlangsamen sich. Das muss ich erst einmal verdauen. »Erklär mir das!«, flüstere ich meiner Freundin zu, nachdem ich mich mindestens dreimal geräuspert habe und dazu wieder in der Lage bin.

»Später!«, bestimmt Kayra und deutet mir mit einer Kopfbewegung an, weiterzuessen. Und dann genieße ich die hammergute Hackbällchen-Suppe, den phänomenalen Hirtensalat, den galaktischen Iskender-Kebap und den megaleckeren Börek mit Schafskäsefüllung. Ich glaube, ich habe drei Gläser Ayran dazu getrunken und deswegen einfach keinen Platz mehr für die anderen Gerichte, schon gar nicht für den ohne-Worte-süßen Revani.

»Ich habe meinen Eltern erzählt, dass du mir von allen *Mister No*-Heften ein Exemplar schenkst und ich immer als Erste deine Comics lesen darf. Da wollten sie dich zum Dank so richtig lecker bekochen.« Als Kayra mich in ihrem Zimmer aufklärt, bin ich zu Tränen gerührt und kann dazu gar nichts sagen.

Kayra sieht mir tief in die Augen. »Darf ich dich mal schminken?«

Ich bin so überrascht, dass die Tränen sofort wieder in meinen Augen versickern. »Waaas? Wieso? Wie kommst du jetzt plötzlich auf so was?«

»Och«, sagt Kayra, »meine Cousine hat mir neulich eine Technik beigebracht. Und ein bisschen Lidschatten würde mit dem Dunkelblau deiner Augen mega aussehen!«

»Aha?!«, sage ich misstrauisch, aber neugierig. Vielleicht ist das die Lösung? Vielleicht kann ich mit besonders betont geschminkten Augen von den Nudeln auf meinem Kopf ablenken? Ich ziere mich ein wenig. Obwohl ich weiß, dass Kayra weiß, dass ich innerlich längst zugestimmt habe.

Nach der Make-up-Grundierung sind meine Augen an der Reihe. Mehrfach bekomme ich während der Prozedur das Gefühl, meine Freundin wolle mir die Augen ausstechen. Zwischenzeitlich denke ich, meine Wimpern könnten ausgefallen sein. Kayra lässt sich aber nicht aus der Ruhe bringen, egal wie ich meckere. Kein Wort sagt sie, bis sie fertig ist.

»Kannst jetzt gucken!« Nach einer halben Ewigkeit hören meine Ohren endlich den erlösenden Satz.

Langsam öffne ich die Augen. Boah! »Kayraaaa!!« Auf meinen Augenlidern sitzt eine Schattierung aus Hellblau und Schwarz, ich habe superlange Wimpern, die meine Augen so groß erscheinen lassen, dass ich im ersten Moment glaube, ich sehe im Spiegel meine Freundin und nicht mich. Das Ergebnis ist einfach nur **wow**!

Kayra lächelt wie eine zufriedene Meisterin, doch sie lässt mich nicht in Ruhe, sie will noch meine Haare stylen. Und dann muss ich wieder die Augen schließen. Kayra zupft und zieht an meinen Zotteln herum. Ich glaube, ich kann am Ende nur aussehen wie ein gerupftes Huhn. Trotzdem versuche ich mich zu beruhigen, an meine schönen neuen Augen zu denken und auf das unerwartete Können meiner Freundin zu vertrauen. Hoffentlich bekommt sie meine Haare genauso gut hin. Aua!

Kayra lässt sich von meinen Protesten gar nicht stören. Nur einmal sagt sie: »Wer schön sein will, muss leiden!« Plötzlich muss sie kichern. »Glaube mir, gerade heute musst du besonders schön sein!«

Das war's. Das ist der Punkt, an dem ich es ansprechen muss. Ich hatte die ganze Zeit über schon das Gefühl, dass Kayra etwas ausheckt. »Was?«, rufe ich. »Wie meinst du das?«

»Psst«, sagt Kayra. »Mach die Augen auf.«

Hey! Ich muss zugeben, ich habe Kayra ganz schön unterschätzt. Das Ergebnis ist genau das, was ich schon immer als Lösung für mein Frisurproblem gesucht habe. »Danke! Sieht ja echt cool aus!«, sage ich und falle meiner Freundin um den Hals. Ich habe jetzt richtig Volumen in meinen Haaren. Warum hat sie das nicht schon früher gemacht? Warum bin ich nie von selbst darauf gekommen? Keine Spur mehr von den Spaghetti. Ich will unbedingt gezeigt bekommen, wie sie das angestellt hat, aber Kayra winkt ab.

»Warum hast du heute bloß das braune Teil an?« Sie guckt skeptisch und ist immer noch nicht zufrieden mit mir.

»Wieso?« Ich sehe an mir herunter und bin dabei, das letzte bisschen Selbstwertgefühl, was meinen Geschmack angeht, zu verlieren.

»Na, du hast sonst so ausgefallene knallbunte Sachen an, und heute … ausgerechnet …!«

»Was ist denn heute? Kayra, was hast du vor?« Langsam habe ich ein mulmiges Gefühl. Irgendetwas ist hier faul.

»Nix!«, sagt meine Freundin und reißt dabei die Augen riesig auf, um das, was sie sagt, glaubhafter zu machen.

Zwecklos. Ich weiß, sie führt etwas im Schilde. Ich meine, es stimmt. Am liebsten trage ich viele Farben gleichzeitig. Meine Mutter meinte mal, das könnte daran liegen, dass ich meine Comics nur schwarz-weiß zeichne. »Quasi als seelischer Kontrast«, sagte sie. Dabei habe ich es schon oft versucht, meine Zeichnungen auszumalen. Furchtbar. Ich habe festgestellt, dass ich sie damit nur ruiniere. Deswegen mache ich immer einen riesigen Bogen um irgendwelche Farbstifte.

Kayra geht zu ihrem Kleiderschrank. Ihre Finger gleiten über ordentlich aufeinandergestapelte Pullireihen im oberen Regal. Ich frage mich, welche Farben wohl nicht vertreten sind. Ihr Schrank sieht innen aus wie mein Wasserfarbkasten in der Grundschule. Kayras Hand bewegt sich langsam zwei Regalbretter weiter nach unten, verrät, wie angestrengt meine Freundin nachdenkt. Schließlich erreicht sie die Kleiderstange. Bei einem coolen Cardigan in Dunkelblau bleibt ihre Hand stehen. Kayra zieht ihn heraus und wedelt mir damit vor meiner Nase herum. »Hier, der passt so gut zu deinen Augen!«

»Wieso soll ich mich denn auf einmal umziehen?«, frage ich verwundert und drücke meinen Kopf zurück, damit mir das Oberteil nicht das Make-up wegwischt.

»Bitteee!«, bettelt Kayra, faltet flehend die Hände und versucht, mich mit ihrem Hypno-Blick zu manipulieren. »Wir machen ein paar Fotos, ja?«

Na gut. Ich lasse mich überreden. Wird sowieso bald Zeit für ein neues Profilfoto auf Facebook. Vielleicht werden die Aufnahmen ja was? Widerwillig wechsle ich Braun gegen Dunkelblau – und bin sprachlos. »Du solltest Stylistin werden oder so!« Ich bewundere mich, na ja, eigentlich Kayras Künste, eine Weile. Dann sehe ich meine Freundin an und warte. Hä?

Kayra rührt sich nicht. Nachdem sie mich einige Augenblicke angestrahlt hat, klebt jetzt ein seltsam abwesender Blick auf ihrem Gesicht.

»Und?«, frage ich nach einer gefühlten Ewigkeit, als sich immer noch nichts tut.

Kayra sieht durch mich hindurch.

»Kayra! Hallo?!«

Nach ein paarmal Rufen schaffe ich es endlich, meine Freundin aus ihrer geheimnisvollen Gedankenwelt herauszulocken.

»Was ist los?«, fragt sie fast erschrocken und sieht auf ihren Wecker. »Sechzehn Uhr sechsundzwanzig.«

»Wie? Hast du noch etwas vor? Soll ich jetzt gehen, oder was meinst du?«

»Nein, nicht gehen!«, sagt Kayra abwesend.

»Ich dachte, du wolltest Fotos machen? Oder warum musste ich mich so verkleiden?«

»Oh ja, Moment!« Kayra wirkt ziemlich verwirrt und sucht nach ihrem Handy. »Zehn – neun – acht – sieben …«

»Was zählst du denn ab?«, will ich gerade fragen und hoffe, allmählich aufgeklärt zu werden. Langsam wird mir das zu doof. Sonst gehe ich nämlich tatsächlich gleich. Das nehme ich mir kurzerhand vor und öffne den Mund, um meine Drohung loszuwerden. Doch in diesem Moment … **Driiinnng … Drrriiing …** klingelt es plötzlich.

Kayra flitzt zum Fenster. »Das ist er!«, schreit sie und drückt dann ihre Hände auf den Mund. Schlagartig ist sie total wach und ganz zappelig.

Ich ahne nichts Gutes und gehe ihr nach. Ihre Aufregung

schwappt auf mich über. Ich müsste unbedingt Knubbel fühlen. Ganz dringend. Aber klar, dass ich in dieser Situation nicht mein Tuch auspacken kann. Was passiert hier gerade? Egal, wie ich mich strecke und verrenke, um aus dem Fenster zu schauen, Kayra verdeckt mir die Aussicht. Ich kann niemanden sehen. »Erwartest du noch Besuch?«

10

IN JEDEM KANAL Kopfschütteln, empörte Berichte über IHN. Da sieht Mister No SIE. Ein Reporter berichtet darüber, wie es seiner Eleonora ergangen ist. Die Küstenwache hat sie aus dem Wasser gezogen. Sie liegt im Krankenhaus, schwebt nicht mehr in Lebensgefahr. Und dann hält der Medienmensch ihrem Bruder das Mikrofon vor die Nase.

»Dieser nichtsnutzige Antiheld soll sich nie wieder in die Nähe meiner Schwester wagen!«, droht Señor Alvarez, amtierender Gouverneur und mächtiger Bankier.

ROAAAR! Als Mister No das hört, greift er nach dem nächstbesten Silberkerzenleuchter. Sein treuer Butler Alfred torkelt zum kinoleinwandgroßen Riesenbildschirm und stellt sich schützend davor. OH NO, MISTER NO, NO!

»Geh zur Seite, Alfred«, brüllt der Held und lässt seinen Arm einmal um das eigene Schultergelenk rotieren. KNORCKS.

»Nicht den Fernseher, bitte, bitte!«, bettelt der Butler. »Wie soll ich sonst mein DSDS sehen?«

Mister No holt erneut aus. »Ohne die Liebe von Eleonora ist die beste Folge DSDS nichts!«

TOTENSTILLE. Kurz vor dem Wurf. DRRRIIIIING. DRRRIIIING. Der Hörer auf dem Wählscheibentelefon springt auf und ab. Wer kann das sein? Was wird hier gespielt?

»Hier, der ist gut für die Nerven!« Ich schrecke aus meinen Gedanken hoch. Was ich eben erlebt habe, hat mich an einen Satz in meiner neuen Comicfolge erinnert. Was wird hier gespielt? Kayra hält mir heißen Globuli-Killer vor die Nase, ein Teeglas, vollgestopft mit frisch gepflückten, überbrühten Pfefferminzblättern.

»Habt ihr euren Kräutergarten geplündert?«, frage ich und nehme meiner Freundin vorsichtig das Glas ab. Egal, was meine Mutter sagt, den brauche ich jetzt. Seit Kindergartenzeiten schiebt mir Eva nämlich zu jeder Gelegenheit irgendwelche Globuli-Kügelchen in den Mund. Ich nehme in Kauf, dass mit der Pfefferminzbombe die Wirkung sämtlicher homöopathischer Pillen auf mich gelöscht wird. Denn es heißt ja immer, man solle diese Mittelchen und Minze nicht kombinieren. Na und? Ohnehin ist die Wirkung von Kayra auf mich und mein Leben viel stärker als jedes Heilmittel der Welt. Es ist unglaublich, was sie wieder angestellt hat!

Also, von vorne: Ich stehe an Kayras Fenster und kann keinen sehen. Klar, die Person ist ja schon hereingelassen worden.

»Nö, ich erwarte niemanden«, sagt meine Freundin und

klebt ihr neugieriges Ohr an die Tür. »Aber Burhan«, sagt sie leise.

Wie bitte? Ich glaube, sie hofft, ich hätte das nicht gehört. Doch das habe ich. »**Burhan bekommt Besuch?!**« Ich schlucke. Klar, ich weiß genau, dass meine Freundin weiß, an wen ich gerade denke.

»Pssst!« Kayra leert schnell einen Becher mit Stiften auf ihrem Tisch aus und nutzt ihn als Verstärker zum Lauschen. Noch bevor meine Freundin irgendetwas verstehen kann, klopft es allerdings schon an ihrer Tür.

OMG, ist er das? Ich flitze in die Ecke und quetsche mich voller Panik in die Lücke zwischen Kayras Schrank und der Wand am Fenster. Dabei lasse ich es mir nicht nehmen, meiner Freundin einen Blick zuzuwerfen, der böser nicht sein könnte. Jedenfalls hoffe ich, er sieht so aus. Als sie die Tür öffnet, schlottern meine Knie. Ich habe überhaupt keine Lust, Finn jetzt zu begegnen. Ich wüsste gar nicht, worüber ich mit ihm sprechen sollte, und würde bestimmt nur stottern. Am besten, er merkt gar nicht, dass ich da bin.

»Hey«, sagt Burhan, schiebt den Kopf in das Zimmer seiner Schwester und dreht ihn wie ein Wackelkopfdackel ein paarmal hin und her. »Ist Mia schon weg?«

Ich höre zwar nicht, was Kayra sagt, sehe nicht, was sie macht, doch Burhan scheint die Antwort auf seine Frage irgendwie bekommen zu haben. »Mia?«, röhrt er nämlich, als hätte ich mich irgendwo in einem Wald versteckt. »Also, eigentlich wollte ich dir jemanden vorstellen.«

Oh Mann! Ich erwische mich dabei, wie ich die Knötchen und Fusseln an Kayras Gardine abtaste. Mein neuer Look hat mir eben zwar noch gut gefallen, aber ich muss seine Wirkung ja nicht gleich an Finn austesten! Ich glaube, die blaue Schminke und das blaue Oberteil machen mich in Kombination mit dem Tomatenrot in meinem Gesicht dunkelviolett. Bestimmt habe ich die gleiche Farbe wie Kayras Tapete, denn Burhan sieht mich erst mal nicht, als ich wie ein Trottel aus meinem Versteck hervortrete. Das nutze ich aus, indem ich mich bücke und so tue, als hätte ich in der Ecke etwas gesucht. »Wo ist nur meine … meine Brille?«, frage ich und weiß gar nicht, wie ich darauf komme.

»Du trägst eine Brille?«, fragt Burhan. »Seit wann das?«

»Nein, sie hat keine Brille, aber Kontaktlinsen!« Kayra rettet mich und schiebt Burhan aus dem Zimmer. »Wir kommen sofort!«

»Was soll das?«, zische ich meiner Freundin zu, als die Tür geschlossen ist.

»Was soll was?«

»Da draußen ist doch **Finn**, oder?«

»Schlaues Mädchen!«, sagt Kayra frech.

»Warum tust du mir das an?« Ich jammere und fühle mich so elend wie damals im Matheunterricht bei Herrn Mönchskraut.

»Na, weil ich dich gut kenne, Mia«, sagt Kayra in einem bissigen Ton. »Wenn man dich dir selbst überlassen würde, würdest du dich zu Tode leiden und nie und nimmer den ersten Schritt tun. Tja, und wozu sind beste Freundinnen da?« Dabei hebt sie beide Arme angewinkelt in die Luft und zeigt auf Höhe der Ohren mit beiden Daumen auf ihren Kopf.

Danach geht das Geschiebe los. Kayra will mich aus dem Zimmer drängen. Ich drücke dagegen. »Was soll ich denn jetzt sagen?«

»Wenn dir nichts einfällt, redest du einfach über Comics, klar?«

Schwups. Schon bin ich draußen, stehe vor **ihm** und kriege keine Luft mehr.

Burhan lächelt, als ich herauskomme. Dann bilden sich auf einmal Falten auf seiner Stirn, weil er die Augenbrauen zusammenzieht. Ich merke, wie er mich von oben bis unten mustert. »Hast du nachher noch etwas vor?«

»Ich? Nö, wieso?« OMG. Er meint meine neue Aufmachung. Die Schminke und die aufgemotzten Haare! Wer weiß, wie das aussieht! Schlagartig fühle ich mich wie ein Papagei. Ganz sicher sehe ich total bescheuert aus.

»Hi«, sagt **er**. »Ich bin Finn. Ich habe gehört, du zeichnest Comics. Ich nämlich auch.« **Er** strahlt sein schönstes Sonnyboy-Lächeln, das ich in den Pausen schon oft heimlich und mit klopfendem Herzen beobachtet habe. Er streckt mir die Hand entgegen, und ich habe das Gefühl, dass ich ihm gleich vor die Füße fallen werde.

In letzter Sekunde raffe ich mich auf, gebe ihm die Hand und sage: »Echt? Cool. Ähm … ich bin Mia. Mia Mara. Mia M. Mara. Also, das M, das steht für Mehtap, aber du kannst Mia zu mir sagen. Oder Mara. Wie du willst.«

Finn grinst. »Also, äh, Mia, diesen Comic, Mister – wie noch mal? –, den hast du gemacht?«

Ich sehe zu Burhan, Burhan sieht zu Kayra, und Kayra lächelt mich verlegen an. »Ich, äh …«, stammelt sie, »ich habe Burhan das Comicheft gezeigt und es aus Versehen bei ihm im Zimmer liegen lassen.«

»Ja.« Finn schmunzelt und sieht dabei nicht nur cool aus, er ist es auch. »Bei Burhan habe ich es dann ›aus Versehen‹ entdeckt. Sorry, ich musste einfach reinschauen. Und hey, ich muss sagen: **mega!**« Mit diesen Worten reckt mein Traumprinz seinen Daumen hoch und strahlt wie Zac Efron persönlich.

»Oh, danke!«, sage ich und lächele … Und lächele … HM?! Warum sagt denn keiner etwas? Miese Gesprächslücke. Bin ich immer noch an der Reihe? Ich blicke einmal Hilfe suchend in die Runde und schwitze alles aus, was ich heute bisher getrunken habe.

Kayra stellt wieder grinsend ihre Zähne aufeinander und nickt mir unauffällig zu. Mach schon!, meint sie damit. Das kann ich im Geiste hören, ohne dass sie etwas sagen muss.

»Äh, und … und du?«, frage ich Finn schließlich. »Was zeichnest du so?«

Finn steckt seinen Daumen und seinen Zeigefinger in seine wunderschönen Haare und beginnt, wie ein Kleinkind eine Strähne zu drehen. Vermutlich denkt er nach.

Ich sehe zu Kayra hinüber, unsere Blicke treffen sich. Meine Freundin zuckt unauffällig mit den Achseln. Doch plötzlich, als hätte Finn einen spontanen Einfall, bückt er sich zu seiner Tasche hinunter. »Kann ich dir zeigen, wenn du willst …« An der Stelle am Kopf, wo er gerade die Haare gedreht hat, stehen sie jetzt ab. Das sieht lustig aus. Deswegen versuche ich, mich auf den Zeichenblock zu konzentrieren, den er herauszieht, ehe ich noch loslachen muss. Meine Nerven sind ohnehin total überspannt. »... aber, ähm, meine Bilder sind nicht so gut wie deine«, entschuldigt sich Finn. »Außerdem habe ich keine Serie wie du.«

Und nun ist seitdem etwa eine Stunde vergangen. Ich habe mich erst mal auf Kayras Bett geworfen und versuche, meine Nerven mit Pfefferminztee zu beruhigen. Finn findet meinen Comic richtig toll! Ich kann es kaum glauben. Ich habe mich gerade eben mit ihm unterhalten und ihn sogar etwas näher kennengelernt. Das ist so megacool. Das habe ich mir so doll gewünscht. Und es ist allein Kayras Verdienst. **Tja!** So ist das eben mit besten Freundinnen: Man kann innerhalb weniger Stunden eine komplette Skala an Gefühlen für sie empfinden. Freundschaft, Liebe, Wut, Hass, viele Fragezeichen und Dankbarkeit. Und das alles an nur einem halben Tag.

Zum Glück endet mein heutiger Besuch mit positiven Gefühlen für Kayra. Ich muss nun leider nach Hause. Eva hat angerufen und gefragt, wann ich kommen werde.

»Der findet dich gut, Mia!«, sagt Kayra. »Ich schwör's dir, ich hab's in seinen Augen gesehen!«

Ich bin mir da überhaupt nicht sicher. Natürlich war Finn sehr nett zu mir, aber wahrscheinlich ist er das gegenüber **allen** Mädchen. Er ist eben sehr höflich. Nur weil er *Mister No* gelobt hat, bedeutet das ja nicht, dass er mich mehr mag als zum Beispiel diese Sarah. Doch egal, wie ich zweifele, Kayra beteuert es mir trotzdem noch einmal an der Haustür, obwohl sie mir das schon mindestens fünfzig Mal gesagt hat, seit Burhan und Finn gegangen sind. Ich glaube, sie wollten zum Fußballspielen. Keine Ahnung. Ich habe vor Aufregung nicht richtig zugehört.

»Vielleicht können wir uns ja mal treffen«, hat nämlich Finn beim Gehen zu mir gesagt. »Und du zeigst mir, wie du die Hände so gut hinbekommst?«

Ich habe nur genickt, während ich auf irgendwelchen Wolken gehüpft bin. Okay, Hände sind beim Comic – genauer gesagt beim Zeichnen generell – so ziemlich das Schwierigste, neben der Mimik und einigen anderen Dingen. Aber hey, seine Zeichnungen sind mindestens genauso super, und Hände kriegt Finn fehlerfrei hin. Na ja, vielleicht müsste er tatsächlich **etwas** üben. Jedenfalls wäre ich schön doof, wenn ich ihm seine Bitte abschlagen würde. Ich hoffe, er zeichnet wirklich mit mir! Jedenfalls freue ich mich darauf, Finn morgen in der Schule wiederzusehen.

»Meinst du, ich soll in der Pause mal zu ihm gehen?«

»Na klar!«, sagt Kayra. »Du kannst ihm ja ein *Mister No*-Heft mitbringen. Er wollte doch eins haben, oder?«

»Oh, stimmt! Danke, echt, Kayra!« Ich drücke sie so fest, dass sie mich direkt hinausschubst.

»Schon gut, schon gut!« Meine allerbeste Freundin strahlt. »Wir sehen uns morgen!«

11

DRIIIING! DAS TELEFON klingelt noch immer. Endlich hebt Mister No den Hörer ab.

»Mein Bruder hätte dich längst umgebracht«, haucht eine weibliche Stimme aus dem Hörer. Mister No's Fledermauslauscher richten sich alarmiert auf. »Doch dem Himmel sei Dank, sein Kryptonit ist ausgegangen!«, sagt sie. »Mit diesem Mineral wollte er dich bestrahlen, und das wäre tödlich für einen Hero wie dich ausgegangen – denk nur an Superman!«

Klar, dass der Gouverneur Mister No aus dem Weg räumen will. Wer weiß denn besser über die dunklen Machenschaften des Señors Bescheid, und wer sonst könnte seine Wiederwahl verhindern wollen? Der Held hat schon oft einen Strich durch die finsteren Machenschaften des Gouverneurs gemacht und ist ihm seit Langem ein Dorn im Auge. Warum muss ausgerechnet dieser Fiesling Eleonoras Bruder sein? Das hätte Mister No nie gedacht. Seine Eleonora ist der reinste Engel.

Mister No's drei Herzen klopfen gleichzeitig und in gegensätzlichem Rhythmus, so laut, dass er kaum etwas hören kann. »Bist du es wirklich, Eleonora? Ich dachte, du liegst im Krankenhaus. Wie geht es dir?«

»Bitte suche mich nicht.« – KRACKS – »Es ist alles nur ein böses Spiel. Ich bin absichtlich ins Wasser gestürzt, um deinen Ruf als Superheld zu ruinieren. Verzeih mir, ich musste mitmachen, sonst …« KRACKS.

»Hallo? Hallo?« DAMN! Noch einige Minuten, und der Superheld hätte dank seiner Sonarsystem-GPS-DNA ihren Aufenthalt geortet. Doch gerade will Mister No auflegen, da ist die Leitung wiederhergestellt.

»Ich wollte dich nur warnen. GEHE IHM AUS DEM WEG! Bald wird er goldenes Kryptonit geliefert bekommen. Damit kann er dich …« DÜÜÜT. DÜÜÜT. DÜÜÜT.

Eleonora! Wo ist sie nur?

Genau wie Mister No seine Eleonora in der aktuellen Folge sucht, so suchen jetzt meine Augen ihn. Auf dem Pausenhof tummeln sich Scharen von Schülern. Die Jüngeren rennen umher, balgen sich. Die Älteren hängen herum, spielen heimlich mit ihren Handys, lästern, flirten oder quatschen einfach nur miteinander. Hier und da ist ein Lehrerkopf zu sehen. Ich stehe auf der Treppe am Gebäudeeingang und sehe über die Häupter hinweg. Solange meine Augen **ihn** nicht entdecken können, fühle ich mich einsam. Kayra ist extra oben im Klassenzimmer geblieben, damit ich mich ungestört mit Finn unterhalten kann.

Als ich den Hof dreimal durchgecheckt habe, setzen sich meine Beine automatisch in Bewegung. Mit der neuen *Mister No*-Folge in der Hand, die ich in eine schöne schwarze

Mappe gesteckt habe, und gewappnet mit meinem Knubbeltuch in der Jackentasche, gehe ich zur Turnhalle im hinteren Teil des Schulhofs.

Das Gebäude liegt hinter ein paar Bäumen und dem Minigarten, der von den Fünftklässlern immer wieder neu bepflanzt wird. Zwischen dem Zaun und der hinteren Turnhallenmauer gibt es einen schmalen Trampelpfad, wo die Raucher herumgeistern. Ob er dort ist? Ich hoffe es nicht. Ich kann Zigarettengeruch nicht ausstehen. Bisher habe ich Finn noch nie aus der Ecke kommen sehen. Und ich schwöre, dass ich ihn – seit ich ihn auf unserer Schule entdeckt habe – fast in jeder Pause ununterbrochen im Blick hatte. Ich hatte auch gar keine andere Wahl, denn ich konnte die Augen nicht von ihm lassen.

Vorsichtig nähere ich mich der Raucherecke. Na ja, meistens halten sich dort die Coolen der Schule und die echten Rowdys unter den älteren Schülern auf. Und um diese Gruppe kursieren die wildesten Gerüchte. Seit ich auf dem Gymnasium bin, mache ich deswegen einen riesigen Bogen um diese Ecke. Ich schleiche einmal um den Fünftklässlergarten herum und tue bereits hier so, als würde ich etwas suchen, das ich verloren habe. Ich bücke mich, drehe mich, sehe mich um. Finn. Wo ist er nur?

Bei meinem theaterreifen Suchschauspiel knalle ich kurz vor dem Turnhalleneingang mit Sarah zusammen. Na klasse!

»Pass doch mal auf. Hast du keine Augen im Kopf, oder was?«, fragt Sarah giftig. Durch den Zusammenstoß hat sie etwas Cola aus der Dose in ihrer Hand über ihr Kleid gekippt. Sarah ist ein bisschen größer als ich, das liegt bestimmt an ihren langen Beinen. Hätte ich gewusst, wem ich statt Finn begegnen würde, wäre ich gar nicht erst hierhergekommen. Aber jetzt ist es zu spät.

»Doch«, sage ich. »Die setze ich ja gerade ein.«

»Hä? Die setzt du ein?« Sarah guckt sich um und reibt dann weiter mit einem Taschentuch über den Colafleck.

»Zum Suchen.«

»Was suchst du denn?«

»Na, irgendwas!«

»Wie bitte?« Sarah kratzt sich am Kopf. Ich glaube nicht, dass sie noch weiß, wer ich bin. Obwohl ich ja damals mit ihrer Schwester in einer Kindergartengruppe war und deshalb auch ab und zu bei ihr zu Hause gewesen bin. Das ist zwar schon lange her, aber da ich Sarah früher immer um ihre Locken beneidet habe, habe ich nie vergessen, wer sie ist. Ich wundere mich, warum sie in meiner Parallelklasse ist. Sie müsste eigentlich mindestens einen Jahrgang weiter sein.

Ich kläre Sarah auf: »Ich setze meine Augen zum Suchen für etwas ein, das ich verloren habe. Ergo: Ich habe Augen im Kopf!«

»Na und?«

»Das wolltest du doch wissen!«

»Du kommst dir wohl megaschlau vor, oder was? Ich will gar nix wissen!« Sarah macht eine Geste, als wolle sie mich wegwedeln. Dieser blöde Blondschopf versteht kein Wort und mustert mich so abschätzig, dass es mich fröstelt. Ihr Blick wandert einmal von meinem Schädel bis hinunter zu meinen Zehenspitzen, dann wieder hinauf. Schließlich landet er auf meinem schönen schwarzen Hefter. »Was hast du da?«

»Nichts!«, sage ich erst, aber eigentlich sehe ich nicht ein, warum ich mich von dieser blöden Ziege runtermachen lassen sollte. »Es ist ein Comic für **Finn**, er wartet darauf«, sage ich und sehe ihr frech in die Augen. Das hätte ich lieber bleiben lassen sollen.

»Oh, das passt ja prima!«, sagt Sarah und reißt mir meinen Ordner samt Comic einfach aus der Hand. »Ich treffe ihn gleich, dann gebe ich ihm die Mappe!«

»Gib sie sofort wieder her!«, schreie ich, doch Sarah klemmt sich den Hefter unter ihren Arm und will davonmarschieren. Ich kralle mich an meinem Knötchentuch in der Tasche fest und beiße die Zähne zusammen. Was soll ich jetzt tun?

»Hey, Sarah, hey, Mia, was macht ihr beiden denn hier?«, sagt eine Jungenstimme, die plötzlich hinter mir auftaucht und die mir verdammt bekannt vorkommt.

»Ich … ich wollte dir den versprochenen Comic bringen«, stottere ich verwirrt, als ich Finn sehe. Doch auf einmal gebe ich mir einen Ruck, ziehe Sarah kurzerhand den Ordner aus den Händen und überreiche ihn Finn. Sarah fällt gerade alles aus dem Gesicht. Das hatte sie sich wohl anders gedacht. Ich glaube, es gefällt ihr nicht, dass Finn mich so anlächelt.

»Danke, Mia, Mia Mara!«, sagt Finn.

Wusch! Mein Herz wird auf der Stelle zu Brei. **Finn!** Ab sofort ist für mich sonnenklar: Er ist mein absoluter

Hero. Trotzdem kann ich kein Wort sagen. Es ist eine verdammt bescheuerte Situation. Das muss man sich mal vorstellen. Finn zwirbelt seine Haare, ich sehe immer wieder zu Boden, weil ich nicht weiß, was ich sonst tun soll. Und Sarah blinzelt ständig mit einem gekonnt gefakten Püppchenblick meinen Finn an. Ich glaube, alle sind verdammt froh, als es klingelt.

»O…okay!«, stammele ich. »Dann sage ich mal Tschau, Finn! Ich muss hoch.«

»Tschau, Mara, Mia … Ich muss auch los!« Ich weiß nicht, ob der letzte Satz nur mir galt oder auch Sarah. Aber selbst ohne mich umzudrehen, weiß ich, dass diese doofe Ziege ihm hinterherdackelt.

Außer Sichtweite, lasse ich meinen Kopf hängen. Es tut mir im Herzen weh, ihr Finn zu überlassen. Dieses Gefühl ist so intensiv, dass ich es mir gut einpräge. Ich sehe bestimmt unglaublich trostlos aus in dieser Szene. Ich nehme mir vor, dieses schlimme Gefühl irgendwann in meinen Comic einzuarbeiten. Das würde gut passen. Schließlich hatte Mister No in der letzten Folge echten Liebeskummer, und wer so richtig verliebt ist, der ist **niemals nie** sicher davor.

Mister No lässt den Telefonhörer sinken und den Kopf hängen. Sein breiter Schädel ist verwirrt, seine Herzen geschwächt. Warum kann man ihn und seine Liebe nicht einfach in Ruhe lassen? Fragen quälen ihn. Was meinte Eleonora mit ›böses Spiel‹? Und wieso nur glaubt sie, dass dieses goldene Kryptonit ihm scha-

den könnte? Mein Heimatplanet heißt schließlich Erde und nicht Krypto-irgendwas wie bei Superman, denkt Mister No. »Oder könnte mir das Mineral etwa trotzdem gefährlich werden?«

Bei diesem Gedanken greift er in seine Tasche und fühlt nach seinem Handschmeichler. Es ist ein Jadarit, ein Mineral, das bei seiner Berührung sofort rosa fluoresziert. Diesen Stein hat einst Mister No's Mutter in seine Wiege gelegt, bevor sie ihn für immer verlassen musste. SCHLUCHZ. Er ist die einzige Erinnerung an sie und hat Mister No bisher Glück gebracht.

Der Superhero stürzt tölpelgleich aus seinen Gemächern. Und das, ohne sein Haar vorher gewaschen zu haben. Wegen seiner hohen Energieauslastung fetten die stündlich nach. EGAL.

Das Herumirren auf der Straße bringt Mister No nicht voran. Also schwingt er sich auf eine Laterne, deren herabstrahlendes Licht die nasse Gasse glitzern lässt. Er springt von einer Straßenlampe zur nächsten. Passanten, die ihn erblicken, erschrecken. »Der hat wohl Affenblut getrunken!«, sagt ein betrunkener Kneipengänger zu seinen Kumpanen und reibt sich die Augen. Doch das überhört Mister No lieber und sucht heroisch weiter nach seiner Liebe, obwohl er nach wie vor nicht weiß, wo er mit der Suche beginnen soll.

12

AUSGERECHNET JETZT, wo es richtig gemütlich wird, klingelt mein Handy. Adem war heute früher zu Hause und hat gekocht. Es gab zwar nur Spaghetti, dafür aber mit einer leckeren Scampi-Soße. Verglichen mit Evas unendlichen Crêpe-Variationen war das ohnehin eine sehr willkommene Abwechslung. Und nun haben wir es uns gerade alle zusammen vor dem Fernseher bequem gemacht und wollen uns die DVD *Batman Begins* anschauen. Klar, dass ich darum keine Lust habe, ans Telefon zu gehen. Doch mein Vater drückt auf den Pausenknopf und nickt mir zu. Also gut.

»Hallo?«

»Mia Mara? Hallo, hier ist Frau Tremer.«

»Oh, hallo!«, sage ich, wende meinen Eltern den Rücken zu und gehe schnurstracks in Richtung Küche. Eva und Adem sind schließlich die Letzten, die es mitbekommen müssen, wenn die **Schule** anruft.

»Ich wollte dich gar nicht lange stören. Nur, morgen ist Einsendeschluss für den Comicwettbewerb, und da du ja in der Schule bist, wirst du keine Zeit haben, deine Unterlagen zusammenzustellen und sie rechtzeitig hinzuschicken.

Du müsstest also möglichst noch heute Abend alles so weit vorbereiten.«

Meine Klassenlehrerin könnte mit ihrer Hartnäckigkeit die Mutter von Kayra sein. **Echt!** »Ach so«, sage ich, dabei will ich gar nicht über das Thema sprechen.

»Sei mir nicht böse, Mia, aber es wäre wirklich schade, wenn du dir die Chance entgehen lassen würdest.«

Also gut, ich merke, ich muss deutlicher werden. Wie doof, dass unsere Küche keine Tür hat. Am besten, ich gehe in mein Zimmer. Dort können mich meine Eltern ganz sicher nicht hören.

»Frau Tremer …«

»Ja, ich weiß«, sagt meine Lehrerin. »Es klingt für dich vielleicht aufdringlich. Doch weißt du, mich hat damals niemand gefördert. Du musst wissen, dass ich ganz gut singen konnte. Ich habe immer davon geträumt, Sängerin zu werden. Wir hatten allerdings nicht die Mittel, und meine Eltern wollten …« Plötzlich unterbricht Frau Tremer ihren Monolog. »Ach, was mache ich denn da? Das willst du bestimmt gar nicht wissen. Ich meine nur, dass ich mir deswegen geschworen habe, jede Begabung, die mir als Lehrerin begegnet, zu unterstützen, und …«

»Frau Tremer!« Ich muss sie stoppen. Sorry, aber die Zeit drängt. Meine Eltern und Batman warten schließlich nebenan. »Frau Tremer, ich habe die Bewerbung schon fertig«, sage ich so leise, wie ich kann.

»Was? Oh, wirklich? Toll! Das … das ist ja super, Mara! Ganz super!«

Na super! Jetzt hat sie mich dazu gebracht, es zu verraten. Dabei wollte ich die Sache mit der Bewerbung für mich behalten. Schließlich braucht es keiner zu wissen, wenn ich beim Wettbewerb nicht in die Endauswahl komme. Gerade will ich meiner Lehrerin schnell erklären, dass ich noch nicht weiß, ob ich die Bewerbung tatsächlich abschicke, da klopft schon Eva an die Tür. Deswegen muss ich kryptografisch sprechen, als Frau Tremer wissen will, wann ich die Bewerbung zusammengestellt habe, ob ich auch an all die vielen angeforderten Unterlagen gedacht habe, und als sie sagt, dass ich morgen ruhig etwas später in die Schule kommen kann, weil ich ja schließlich vorher zur Post gehen muss.

»Ja, danke, mach ich. Nö, so viel war das nicht. Hab ich schon neulich alles fertig gemacht, als wir darüber geredet haben.« Ich antworte so, dass man glauben könnte, es gehe um Hausaufgaben und ich würde mit Kayra oder einer anderen Klassenkameradin sprechen.

Peinliche Gesprächspause. Meine Klassenlehrerin wird wohl darüber nachdenken, ob sie noch etwas vergessen hat, denn sie sagt kein Wort. Also nutze ich die Gelegenheit, um das Gespräch zu beenden. »Alles klar, dann …«

»Oh ja, dann … wünsche ich dir einen schönen Abend, und grüß mir deine Eltern.«

Als sie das sagt, will ich doch noch etwas loswerden: »Äh, das möchte ich gerne für mich behalten. Das heißt, würden Sie bitte niemandem …«, flüstere ich. Dass ich nicht in die Endauswahl komme, ist ja wohl das Wahrscheinlichste. Darum brauchen auch meine Eltern nichts davon zu wissen. Sie würden es nicht zugeben, aber bestimmt wären sie enttäuscht, wenn ich eine Absage erhalten würde.

»Oh, oh … ja, okay, mach ich.«

Als wir auflegen, flitze ich zur Tür, um sicherzugehen, dass Eva nicht die ganze Zeit über dahintergestanden hat. Zum Glück sitzt sie längst mit Adem auf der Couch. Sie haben sich aneinandergekuschelt, die Füße auf den Tisch gelegt, und Adem ist kurz davor, einzunicken.

»Da bin ich wieder!«, sage ich so gut gelaunt wie möglich.

»Wer war es denn?«, will Eva wissen.

»Och, **Schule**!« Ich werfe mich zu meinen Eltern aufs Sofa und greife in die Chipsschale. Ich betone das Wort »Schule« so, dass sie nie vermuten würden, es könnte meine Lehrerin gewesen sein, sondern denken, es war nur eine Mitschülerin. Ich kann das gut!

Im Film leiten die Gangster Cranes Halluzinogen in die Hauptwasserversorgung ein, anschließend bringen sie das Wasser mit einer Mikrowellenwaffe zum Verdampfen. Ich sichere mir eine weitere Handvoll Chips, Eva und Adem kauen vor Anspannung lautstark um die Wette. Ich höre nichts mehr und drehe die Lautstärke nach oben, während im Film eine Massenpanik ausbricht. Gerade kommt es zwischen Batman und Ra's al Ghuls Gruppe zum Kampf, da läutet mein Handy schon wieder. Ich ernte böse Blicke von Adem und Eva.

Ich könnte mich ohrfeigen, warum habe ich das Smartphone eben nicht ausgeschaltet? Als ich den Anrufer wegdrücken will, sehe ich ihren Namen. Ich bringe es nicht übers Herz, Kayra handytechnisch abzuwürgen.

»Hallo, Kayra?«, flüstere ich.

»Was ist los?«, fragt meine Freundin erschrocken.

»Wieso? **Du** hast doch angerufen!«

»Aber du flüsterst! Ist etwas?«

Und dann klären wir uns beide gegenseitig auf. Ich sage ihr, dass wir gerade *Batman* gucken, und sie sagt, sie müsse mich unbedingt an eine wichtige Sache erinnern, bevor sie schlafen geht. Es sei ihr plötzlich eingefallen, als sie eben noch mal in *Mister No* geblättert habe.

Schnell husche ich aus dem Wohnzimmer und verziehe mich in meine eigenen vier Zimmerwände. Hier kann ich endlich offen sprechen. »Lass mich raten«, sage ich gelangweilt. »Ich soll an den Wettbewerb denken. Einsendeschluss ist morgen, nicht?«

Kayra ist begeistert. »Und, tust du's?«

»Kayraaa, hör doch mal auf!« Ich will jetzt nicht auch noch ihr von den fertigen Unterlagen berichten müssen. Bei Frau Tremer ist es mir ganz unbeabsichtigt rausgerutscht. Aber meine Lehrerin hat mir ja zum Glück versprochen, es keinem zu sagen.

»Und was ist … was ist, wenn ich dir verrate, dass Finn sich angemeldet haaaaat und du darum gar nicht anders kannst, als es ebenfalls zu tuuuun?«

Typisch Kayra. Einerseits schlägt mein Herz Purzelbäume, als ich das höre, andererseits muss ich über die Art meiner Freundin in mich hineinlachen. Dabei ist das eigentlich schlichte Erpressung.

»Hat er sich wirklich angemeldet, oder sagst du das nur so? Mir hat er nichts davon erzählt.«

Kayra schwört, Finn habe sich wohl schon vor Längerem

angemeldet. Das hat sie gerade erst zufällig von Burhan erfahren. Und da Kayra mich sonst nie und nimmer zurück zu *Batman* gehen lassen würde, verspreche ich ihr, mir die Sache mit der Anmeldung noch einmal zu überlegen. Am liebsten würde ich meiner besten Freundin von den fertigen Bewerbungsunterlagen erzählen. Deswegen habe ich auch echt ein schlechtes Gewissen. Aber nachher verplappert sie sich, und plötzlich wissen **alle** in der Schule Bescheid.

Als ich ins Wohnzimmer zurückkomme, sehe ich, wie Batman gerade die Flügel ausbreitet und sich vom Dach eines Wolkenkratzers in die Dunkelheit stürzt. **The End.**

»Och, menno!«

»Tut mir leid«, sagt Adem. »Es war zu spannend. Wir konnten nicht unterbrechen.«

»Wer war es denn diesmal?«, fragt Eva.

Ich zucke mit den Achseln. »Schule.«

Wahrscheinlich schauen sich meine Eltern wieder vielsagend an. Ich sehe nur in die Schale, aber die Chips sind auch alle. »Na dann, gute Nacht«, sage ich beleidigt und gehe Zähne putzen.

Endlich stehe ich bettfertig vor meiner himmelweichen Schlafstätte. Mir fallen die Augen zu. Schlapp, wie ich bin, greife ich nach meinem Kissen, schüttele es auf und werfe es zurück auf mein Bett. Anschließend schlage ich mit der rechten Handkante wie ein Karatekämpfer dreimal in die Mitte, sodass eine Mulde entsteht. Genau da kommt mein Kopf hinein.

Eigentlich hatte ich mich im Geheimen ja bisher gar nicht

wirklich entschieden. Ich hatte die Unterlagen für den Wettbewerb nur sicherheitshalber fertiggestellt und wollte noch eine Nacht drüber schlafen. Doch jetzt, wo ich weiß, dass **er** sich angemeldet hat, na ja, und nachdem Frau Tremer nun fest damit rechnet, dass ich die Bewerbung zur Post bringe … Ich kann nicht ruhig liegen bleiben, sondern wälze mich hin und her. Oh, wow, wow! Ich wage es gar nicht, mir vorzustellen, was wäre, wenn wir beide zum Finale eingeladen werden würden. Finn und ich in Berlin. Und Sarah wäre nicht dabei. Mein Herz spielt verrückt.

Nach einer Ewigkeit stehe ich auf. So geht das nicht. Ich kann nicht schlafen, kann mich nicht entspannen, weil ich ständig versuche, mir die Zukunft auszumalen.

Ich ziehe aus meiner Tasche mein Knötchentuch heraus und stelle mich vor meine himmelweiche Schlafstätte. Okay, noch mal von vorne. Ich greife nach meinem Kissen, schüttele es auf und werfe es zurück auf mein Bett. Dann schlage ich mit der rechten Handkante wie ein Karatekämpfer dreimal in die Mitte, sodass eine Mulde entsteht. Genau da kommt mein Kopf hinein.

13

»MIA, MIA, ODER MARA, hey, Mara, warte mal!«

Als ich seine Stimme höre, bleibe ich wie versteinert stehen. Kayra grinst mich von der Seite an und dreht sich als Erste um. »Finn, hi!«

»Hi«, sagt mein Hero zu Kayra und wendet sich danach sofort zu mir. »Mia, oder Mara … ach, Mann, ich weiß immer nie, welchen Namen ich nehmen soll.«

»Ist doch egal, nimm irgendeinen.« Ich schäme mich ein bisschen, weil ihm meine Namen offensichtlich auf die Nerven gehen.

»Wie soll ich mich denn entscheiden?«, fragt Finn mit einem Lächeln, das ich gerne als Poster in mein Zimmer hängen würde. »Sie sind beide sehr schön!«

Ich höre Kayra nur leise die Luft einziehen und »Alles klar!« sagen. Dann guckt sie sich um und verschwindet im Kiosk-Lädchen vorne an der Bushaltestelle. Sie will uns allein lassen.

Ich glaube, ich bin rot, deswegen schaue ich lieber auf den Boden und nicht zu Finn. »Äh, danke.« Als keine Antwort kommt, sehe ich vorsichtig auf. Finn beobachtet mich wie einen schillernden Fisch im Aquarium. Sein Kopf ist geneigt, nur seine Augen bewegen sich, folgen meinem hilflosen Paddeln. »Also, wir hatten ja mal darüber gesprochen. Ich wollte dich fragen, ob du mir nicht zeigen kannst, wie du die Hände beim Zeichnen so gut hinbekommst.«

»Oh, na klar … aber du kannst es doch auch prima.«

Finn schwärmt weiter von meinem Können. »Deine Bilder haben etwas Besonderes, und in ihnen stecken so viele Details …«

HEY! Womit habe ich das verdient? Ich muss nicht mehr wegschauen, im Gegenteil, ich sehe Finn in die Augen und schwelge in seinen Worten.

»Wir müssen nicht, wenn du nicht willst …«, sagt Finn auf einmal ernst und hebt die Hände.

Ich erschrecke. OMG. Nun habe ich die ganze Zeit über nichts gesagt, habe geträumt, und er muss natürlich denken, ich hätte keine Lust auf ihn. »Was, nein, na klar will ich«, sage ich hastig. »Wann hast du Zeit? Jetzt?« Oh-o! Das letzte Wort flutscht mir so schnell über die Lippen, dass ich mit dem Nachdenken über die Bedeutung hinterherhinke.

»Okay, gerne! Dann komme ich mit zu dir«, sagt Finn, und ich stelle Kayra-mäßig meine Beißer aufeinander, zeige alle beiden Zahnreihen gleichzeitig. Währenddessen rattert es in meinem Kopf. Ist Eva da? Oder vielleicht sogar schon Adem? Welcher Tag ist heute? Gibt es etwas zu essen? Wie sieht es in meinem Zimmer aus?

Kayra kommt aus dem Laden und stellt sich an die Haltestelle. Finn und ich steuern auf sie zu. Der Bus müsste gleich da sein.

»Na?!« Logisch, dass meine Freundin nun bedeutungsintensiv gucken muss.

»Na! Was hast du denn geholt?« Ich versuche Kayra abzulenken, damit sie nicht irgendeine Bemerkung über Finn und mich verliert.

»Och, nichts weiter«, sagt Kayra und bietet uns himbeerrote Kaugummis an. Ich kenne die Sorte. Die sind genauso rosarot wie die Packung, auf der bunte Schmetterlinge flattern. Nichts könnte meine Gefühle im Augenblick besser beschreiben als dieses Kaugummipapier.

Als Finn sich kurz umdreht, um einen Freund zu begrüßen, nutze ich die Gelegenheit: »Finn und ich wollen gleich zusammen zeichnen!« Ich muss ihr das zuflüstern, damit es nachher keine Missverständnisse gibt und Kayra vielleicht mit zu mir gehen möchte, um über Finn zu quatschen.

Meine allerbeste Freundin hebt daraufhin den Daumen und lässt wieder mal vielsagend ihre Augenbrauen tanzen. Und dann, als Finn wieder bei uns ist, fängt Kayra an zu quasseln. Sie redet und redet, als hätte jemand auf einen unsichtbaren Knopf gedrückt.

Ich öffne meine Tasche und wühle nach meinem Schülerticket. Habe ich es wirklich eingesteckt? Aber als ich Finns Blicke spüre, klappe ich die Tasche schnell zu. Wer weiß, nachher macht Kayra noch irgend so eine Bemerkung wie neulich, von wegen »Tickettick«. Nein, nein. Schließlich soll Finn nichts von meiner Marotte mitbekommen. Ich beruhige mich mit dem Gedanken, dass das Ticket bestimmt immer noch da ist. Heute Morgen jedenfalls habe ich mindestens fünf Mal nachgesehen.

Im Bus sitzen wir ganz eng nebeneinander auf einem Dreiersitz. Kayra meint, Witze erzählen zu müssen. Ich weiß nicht, ob meine Freundin glaubt, ich wäre nicht in der Lage, Finn zu unterhalten. Trotzdem bin ich ihr dankbar. Es dauert nicht lange, da liege ich fast in seinen Armen, so sehr muss ich lachen. Zugegeben, das kann Kayra viiiiiel besser als ich.

Doch plötzlich denke ich nur: Oh nein! Kayra erzählt nämlich den ekligen Zugwitz. Sie sagt den ersten Satz, und schon habe ich den Geruch von Käsefüßen in der Nase und halte vor lauter Ekel die Luft an. Eins – zwei – drei …

Finn klopft sich vor Lachen auf die Schenkel, ich schweige und grinse nur. Hoffentlich fragt mich jetzt niemand etwas. Wie halte ich das aus? Und was mache ich nur, wenn Kayra sich nach der Busfahrt von uns trennt und ich allein mit ihm bin? Ich kann doch nicht …

UPS. Wir werden kurz nach vorne geschleudert und dann wieder zurück auf die Sitze gedrückt. **Vollbremsung.** Ich kann gerade noch verhindern, dass ich vor Schreck einatme. Acht – neun – zehn – elf …

Der Bus hält an, und wir sind da, ohne es gemerkt zu haben. Wir stürmen hinaus. Das Aussteigen klappt, das Verabschieden von Kayra klappt auch – alles ohne Worte und ohne Berührung. Neunzehn – zwanzig – einundzwanzig … Aber als wir schweigend zu mir nach Hause gehen, sterbe ich tausend Tode. Finn lacht nach wie vor und wiederholt ständig die Pointe. **Ha, ha, ha …** Und ich? Ich atme kurz ein und muss von vorne anfangen. Eins – zwei – drei …

Man stelle sich das mal vor: **Finn und ich** auf dem Weg zu mir. Mein unfassbares Glück wird allerdings nicht nur von Befürchtungen darüber überschattet, wie es wohl zu Hause aussieht und wer überhaupt da sein wird, sondern auch von meiner Not. Was soll ich bloß tun? Wie soll ich mit Finn reden, wenn ich nicht atmen kann? Wenn Kayra wüsste, in welche Situation sie mich wieder gebracht hat. Also, ich kann versichern: Wenn ein Mädchen schweigend neben einem Jungen hergeht, dann muss das keineswegs nur mit Schüchternheit zu tun haben.

Ich blicke vorsichtig zu Finn hinüber, der neben mir wie Prinz Charming von *Once Upon a Time* herwandelt. Auf einmal bleibt er stehen. »Mensch, Mia! Ich finde es so klasse, gleich mit dir zu zeichnen!« Er klopft mir gepfeffert auf die Schulter, sodass ein Ruck durch mich hindurchgeht und ich mit einem Mal tief einatme. Plötzlich muss ich um die Schmetterlinge in meinem Bauch bangen. Achtung, Tornado!

»Oh!«, sage ich. **Hahaha!** Ich kann tatsächlich wieder reden: »Ist doch klar, Finn!« **Blinzel. Blinzel.**

Und ehe ich mich's versehe, stehen wir schon vor unserem Hauseingang. Noch bevor ich klingeln kann, öffnet Eva die Tür.

»Ha…hallo?!«

»Hi, Eva. Das ist Finn. Finn, das ist meine Mutter.« Ich wende mich wieder Eva zu. »Finn und ich werden zusammen zeichnen.«

Meine Mutter will offensichtlich gehen. Sie hat Jacke und Schuhe an, als sie Finn willkommen heißt und er den Gruß höflich erwidert. Aber gerade ist sie dabei, ihr Vorhaben zu ändern. Als sie die Schuhe wieder auszieht, frage ich sie: »Wolltest du nicht weg?«

»Ich? Nö, wieso?« Sie lächelt verlegen. »Ich … ich habe nur geguckt, ob ich die Jacke in Kombination mit diesen Schuhen tragen kann.«

Alles klar! Natürlich wird meine neugierige Mutter nicht gerade in dem Moment das Haus verlassen, wenn ich mit einem Jungen nach Hause komme.

»Ähm, habt ihr Hunger? Ich kann uns Crêpes machen«, sagt Eva schnell und deutet einladend ins Esszimmer.

»Mmm, lecker!«, rufe ich besonders erfreut. Finn soll nicht merken, dass es bei uns fast immer das Gleiche gibt.

Beim Essen quetscht Eva Finn aus. Sie will **alles** wissen: wie alt er ist, wo er wohnt, wo er herkommt, wie er in der Schule ist, wie alt seine Eltern sind, was sie machen. Als sie hört, dass er und seine Familie ursprünglich aus Berlin kommen, flippt sie total aus. »Berlin! Ich **lieeeebe** Berlin!«

Ich nutze die Gelegenheit, flitze ganz kurz in mein Zimmer und prüfe, ob alles ordentlich ist. Ich öffne das Fenster auf Kipp, um frische Luft hereinzulassen. Meine Bettdecke streiche ich glatt, und den Bildschirm des Computers wische ich schnell mit einem Kosmetiktuch ab. Der verstaubt bereits, wenn man sich nur umgedreht hat.

Als ich ins Esszimmer zurückkomme, hat Eva mit der Schwärmerei über die Hauptstadt abgeschlossen, und Finn antwortet meiner Mutter immer noch höflich und unermüdlich auf ihre Fragen. Aber seinem Blick nach zu urteilen, fühlt er sich wie ein Angeklagter vor Gericht. Das ist mir so peinlich.

»Finn zeichnet Comics«, platze ich in das Verhör hinein, um endlich mit **ihm** auf mein Zimmer gehen zu können.

Wirklich? Das ist ja auch Mias größte Marotte!«, sagt Eva.

»Eva!«, schimpfe ich und hoffe, sie hört sofort damit auf. Sonst denkt Finn womöglich, ich hätte irgendwelche seltsamen Spleene. Ja! Schon gut! Die habe ich natürlich wirklich, das muss Finn bloß nicht wissen. Er würde mich sonst bestimmt komisch finden, vielleicht könnte er mich dann nicht leiden, und er würde ganz sicher nicht mit mir zeichnen wollen.

»Mia ist allerdings viel, viel besser als ich!«, sagt mein Gentleman. »Ich habe mich bei einem großen Wettbewerb angemeldet. Aber ich weiß nicht, ob ich eine Chance habe. Und diejenigen, die von der Jury ausgewählt werden und in die Endrunde kommen, müssen, glaube ich, in Berlin noch mal zeichnen.«

Ich schlucke. Der Wettbewerb!

Anschließend sagt Finn, er wolle deshalb gerne mit mir üben. Dabei zeigt er strahlend auf mich, und ich bin stolz wie ein Honigkuchenpferd.

»Warum machst du denn nicht mit?«, fragt Eva mich. »Du würdest sicher einen Preis gewinnen. Außerdem: Berlin ist so schön!«

Ich zucke mit den Achseln. Alle finden meine Zeichnungen toll, aber wenn ich nicht in die Endauswahl komme, wären sie sicher enttäuscht. Vielleicht würde dann keiner mehr *Mister No* lesen wollen. Na ja. Keine Ahnung, ob das stimmt. Doch nun, nachdem ich die Bewerbung tatsächlich abgeschickt habe und angemeldet bin, sind solche Befürchtungen sogar stärker geworden.

Meine Mutter schüttelt den Kopf und sagt, wie sehr sie es bedauere, dass ich nicht selbstbewusster mit meinem Können umgehe. Dann seufzt sie. »Nimm dir ein Beispiel an Finn!«

»Eva, ich will Finn jetzt meine Comic-Sammlung zeigen!«

Eva antwortet mir nicht. Stattdessen lacht sie los, und sie lacht so sehr, wie ich es seit Langem nicht mehr gehört habe. Zuletzt vielleicht damals, als mein Vater mit meiner Geburtstagstorte in den Händen vor versammelter Familie ausgerutscht ist. Das war vor drei oder vier Jahren. Finn und ich sehen uns an, meine Mutter kann gar nicht aufhören. Mit einer Hand hält sie sich den Bauch, mit der anderen zeigt sie in Richtung meines Zimmers. »'tschuldigung. Los, verliert mal keine Zeit!« Endlich entlässt uns Eva, und ich kann ganz allein mit Finn sein.

In meinem Zimmer schließe ich gleich das Fenster, damit es gemütlich warm bleibt. »Setz dich doch!«

Finn ist sehr neugierig. Seine himmelblauen Augen wandern durch mein Zimmer. Er bleibt lieber stehen und guckt sich um. Es dauert nicht lange, da entdeckt er meine riesige Comicsammlung, die einen halben Regalschrank einnimmt. Er bückt sich, um sich einen *Lucky Luke* herauszuziehen. Dabei fällt ihm eine Strähne ins Gesicht. Mit einer coolen Geste streicht er sich durch seine blonde Mähne, und ich bin auf der Stelle geflasht.

Finn allerdings auch, nämlich als er sieht, was noch alles unter den Heften dabei ist. *Conan, Peanuts, Donald Duck, Tim und Struppi, Asterix und Obelix, Superman, Persepolis I und II, Hulk, Tarzan, Clever und Smart, Roter Blitz, Fix und Foxi, Silberpfeil, Thor, X-Men, Spider-* und natürlich *Batman*. Habe ich etwas vergessen?

Einen Teil der Comics habe ich von meinem Vater und von Onkel Erwin bekommen. Ich musste den beiden versprechen, gut, verdammt gut mit ihrer Sammlung umzugehen. Finn fasst sich mit beiden Händen an die Stirn, als ihm das Ausmaß der Kollektion bewusst wird. Manche Hefte sind uralt. Ich habe sogar drei Erstauflagen, die ich hüte wie meinen Augapfel.

Finn dreht sich zu mir um und kriegt den Mund nicht zu. **Boah!** »Und wo sind deine?«, fragt er mich, als er sich wieder eingekriegt hat.

Ich weiß sofort, er meint *Mister No*, und ich finde es süß, dass er fragt. Deswegen öffne ich meinen abschließbaren Schrank hinter der Tür. Das mache ich ganz selten vor den Augen anderer. Doch als ich meinen persönlichen Schatz nun für seine Augen öffne, beobachte ich ihn dabei genau.

»Darf ich?«, fragt er.

»Na klar!«

Ich wünschte, Sarah könnte uns jetzt sehen. Dann würde ihr klar werden, dass Finn viel besser zu mir passt als zu ihr. Finn geht mit meinen *Mister No*-Heften um, als seien es Kunstwerke aus dem Louvre. Das schmeichelt mir sehr, vor allem, dass er gerne von jeder Folge ein Exemplar haben möchte. »Wenn's geht. Ich möchte nämlich alles über

Mister No wissen!« Dabei sieht er mir tief in die Augen, und ich bilde mir ein, er möchte alles über **mich** wissen. Ich schmelze dahin, als wäre ich ein Schneemann auf der Heizung. Na ja, sagen wir, ich komme mir vor wie Snow White. Das ist irgendwie eleganter.

Doch auf einmal werde ich ganz hibbelig. Die Marotten! Ich versuche, mir die Unruhe nicht anmerken zu lassen, aber Finn darf auf keinen Fall **alles** über mich wissen. OMG.

Finn sieht sich fast jedes zweite meiner über neunzig *Mister No*-Hefte im Schnelldurchgang an. Eigentlich kommen wir gar nicht so richtig zum Zeichnen. Es dauert eine halbe Ewigkeit, bis wir endlich an meinem Tisch am Fenster sitzen. Ich gebe Finn meinen Zeichenblock und zeige ihm meine Grafitstifte.

Finn pfeift. »Du bist ja ordentlich!«, sagt mein Held. »Du müsstest mal meine Stifte sehen. Mindestens die Hälfte ist stumpf, und die andere Hälfte liegt nicht im Kasten, sondern fliegt irgendwo in meinem Zimmer herum.«

»Oh!«, sage ich. »Das ist nicht immer so, ich räume auf, wenn … äh, wenn ich eine neue Folge beendet habe.« Obwohl Finn ja nichts Schlimmes gesagt hat, habe ich das Gefühl, mich für meine Ordnung entschuldigen zu müssen.

Finn lächelt, nimmt sich einen Stift und versucht, eine Hand von Mister No nachzuzeichnen.

»Das meine ich doch!« Ich zeige auf sein Werk. »Ich weiß gar nicht, was ich dir beibringen soll. Das ist megamäßig!«

Finn strahlt und rückt näher. Ich habe Herzklopfen und werde bei dem Blick in seine himmelblauen Augen fast ohnmächtig.

Der Mensch draußen vor meiner Tür scheint starke Tochtersensoren zu haben. Er klopft. »Mara?«

»Ja, Adem?« Ich kläre Finn leise auf: »Das ist mein Vater.«

Und da kommt er auch schon herein. Adem und Finn lernen sich kennen, und mein Vater will sehen, was wir so gezeichnet haben. Ich glaube ja, es liegt daran, dass wir kaum etwas vorzeigen können, jedenfalls will Finn nach einem kurzen Gespräch mit Adem gehen.

Er sieht auf sein Handy. »Ich habe gar nicht gemerkt, wie spät es geworden ist.« Er tippt eine SMS und sagt, er müsse nun los, weil er Sarah versprochen habe, ihr bei den Mathehausaufgaben zu helfen.

Jetzt noch? Ich habe schlagartig das Gefühl, als würden zwei Fünfkilohanteln an meinen Wangen hängen. Lächeln ist plötzlich unmöglich für mich. Es geht auf einmal alles so schnell. Adem verlässt das Zimmer. Finn folgt ihm, und dann bin ich an der Reihe.

Ich sehe auf meinen Tisch. Chaos. Ich möchte meinen Grafitstift anspitzen und ihn in die leere Stelle im Kasten zwischen die Stifte mit den Härtestufen 2B und HB legen. Bevor ich den Deckel zuklappe, will ich die beschrifteten Seiten aller Stifte nach oben drehen und prüfen, ob sie in der richtigen Reihenfolge liegen, schön nach Härtegraden sortiert. Ich will alle Stifte durchzählen, laut »Sechzehn« sagen und den Kasten so auf dem Tisch zurechtrücken, dass die rechte Seite meines Zeichenblocks und die untere Kante des Kastens einen rechten Winkel bilden.

In diesem Moment höre ich allerdings die Haustür aufgehen. Ich höre Adem, Eva und Finn Small Talk halten. Er muss seine Schuhe und seine Jacke bereits angezogen haben. Oh nein. Ich drehe mich um, es muss diesmal auch anders gehen. Bevor ich die Tür schließe, werfe ich doch noch einen letzten Blick auf meinen Tisch, aber das war's. **Tür zu.** Raus. Finn!

»Tschau«, sage ich, als er schon draußen steht.

»Es war schön, Mia, danke!« Finn lächelt shootingreif.

»Bis morgen!«

»Bis morgen!«

»Netter Kerl!«, meint mein Vater, der am Küchenfenster steht und Finn lange hinterhersieht.

Meine Mutter nickt. »Stell dir vor«, sagt sie zu Adem, »unsere Tochter wollte ihm ihre Comicsammlung zeigen!«

Und dann lachen sie los. **Hahahohoho.**

Ich verstehe den Witz schon. Gar nicht witzig! Mir ist nur zum Heulen zumute. Es ist, als hätte ich eben das größte Glück zu fassen gekriegt und als würde mir mein Talisman jetzt einfach davonkullern und Sarah in die Hände rollen! Das Einzige, was in diesem Moment helfen kann, ist mein Comic.

Mister No sitzt auf einer Straßenlaterne. Er fühlt nach seinem Handschmeichler. Aber er kann sich mit nur einer Hand schwer festhalten. QUIETSCH. Es dauert zu lange, bis er das edle Gestein in seiner Hosentasche findet, die Laterne gibt unter seinem mächtigen Gewicht nach, verbiegt sich. WHUMP. Mister No plumpst

auf die nasse Straße. Das seltene Mineral kullert auf und davon.

Mister No kann seine Superfähigkeiten nicht einsetzen, um den Glücksstein zurückzuholen. Wie man sieht, passiert so etwas sogar einem Helden, wenn er im Kopf nichts weiter als seine verzweifelte Liebe hat. Wo sind die Spinnenfäden, die er da oben hätte herausschleudern können? Wo sind seine dicken, langen Hornkrallen, die er hätte ausfahren können, um sich mit ihnen an der Laterne festzuhaken? Er hätte selbstverständlich auch gleich losfliegen können, wenn er in der Lage gewesen wäre, seinen Umhang einzusetzen.

Nun liegt er da, einsam und verlassen auf dem nassen Asphalt. Selbst ein Superheld braucht eine Richtung, ein Ziel, sonst ist jede Wunderbegabung nichts wert. Und zu allem Überfluss ist auch noch sein Glücksbringer weg.

»Eleonora, wo bist du?«, schluchzt Mister No, und nur die kalte Straße erhört sein Klagen. Oder doch nicht?

14

PLÖTZLICH HÖRT MISTER NO eine Stimme. »Rette mich, mein Held!«

Eleonora! Ganz zart zwar, aber dennoch irgendwo tief in seinem Inneren nimmt er sie wahr. Ihre Stimme antwortet in seinem mittleren Herzen. Seine anderen beiden Pumporgane passen sich dem schnellen Rhythmus an und zwingen Mister No wieder auf die Beine.

WHOOP. Zum Glück haben seine geschwächten Radaraugen den Jadarit aufgestöbert. Im letzten Moment schnappt er sich seinen Glücksbringer, bevor dieser in die Kanalisation rollt. Auf geht's. Wird das Glück ihn wiederfinden? Er darf keine Zeit verlieren. Seine Liebe muss gerettet werden.

»Wenn meine Superkräfte mich im Stich lassen, dann laufe ich eben oder fahre mit dem Bus wie jeder andere Mensch, äh, Erdenbürger auch.«

Hauptsache, er gibt nicht auf!

Ich mache mich auf den Weg zur Bushaltestelle. Der Wind schlägt mir eiskalt ins Gesicht und umspielt dann versöhnlich sanft mein Haar. Allmählich wechselt das Wetter vom kalten Frühlingsbeginn zum warmen Sommeranfang. Aber manchmal ist es nach wie vor recht frisch. Ohne Jacke kann man jedenfalls nicht rausgehen. Ich mache kehrt, um meine kurze grüne Jeansjacke zu holen.

Ich habe heute eine Stunde später Schule, weil Englisch ausgefallen ist. Das haben Eva, Adem und ich ausgenutzt, um gemeinsam richtig ausgiebig zu frühstücken. Sonst haben wir selten Zeit dazu. Wir hatten die Terrassentür geöffnet, sodass uns das Vogelgezwitscher von draußen beim Essen begleiten konnte. Die Sonne hat unsere apfelgrüne Tischdeko noch fröhlicher wirken lassen. Meine Mutter kam heute singend aus dem Bad, obwohl sie sonst ein Morgenmuffel ist und meist schlecht gelaunt und verfroren. Kurz gesagt, ich habe das Gefühl: Heute stimmt alles.

Als ich mit Jacke wieder am Tor stehe, kommt der Briefträger vorbeigeradelt. Oh no! Ich will ihn nur schnell grüßen und mich davonmachen, doch unser langjähriger Schnatterbote lässt mich nicht vorbei.

»Hallo, Mia, schön, dich auch mal wieder zu sehen! Du bist ja ’ne richtige junge Lady geworden.« Er pfeift. »Tja, wie die Zeit vergeht …«

Ich lächele höflich und zeige auf meine Tasche. »Ich habe heute etwas später Schule. Aber nun muss ich los, sonst komme ich nicht mehr rechtzeitig. Sorry, Herr Kaiser.«

Ich bin schon fast um unsere Gartenhecke gegangen, da ruft er mich zurück. »Halt! Nicht so hastig, Fräulein.«

Ich lasse es mir nicht nehmen, ausgiebig die Augen zu verdrehen, dann erst drehe ich mich zu ihm um. Herr Kaiser wedelt mit einem Umschlag und zwingt mich damit, zu ihm zurückzugehen. Das ist so ungewöhnlich, dass ich fragend die Augenbrauen zusammenziehe. »Was ist das?«

»Kann ich dir nicht sagen, Mia. Denkst du, ich schaue immer nach, wer von wem Post kriegt? Es gibt so etwas wie ein Postgeheimnis. Du kannst ja danach googeln. Bei dieser Gelegenheit sieh auch unter dem Stichwort ›Fernmeldegeheimnis‹ nach. Ist höchst interessant, gerade heutzutage …«

»Oh, ja … wie recht Sie haben!« Ich schnappe mir den Umschlag und ziehe los. Ich habe keine Lust auf ein Referat. Ich gehe doch gerade sowieso schon zur Schule. »Wiedersehen, Herr Kaiser!«, rufe ich ihm im Weglaufen zu.

OMG. Ich habe Post bekommen. Das passiert so selten, dass ich sofort Herzklopfen habe. Und als ich sehe, wer der Absender ist, bin ich endgültig aus dem Häuschen: »Landesinstitut für Wort und Bild. Berlin.«

Ich reiße den Umschlag auf und ziehe das Schreiben heraus. Bevor ich das Blatt entfalte, drücke ich es schnell auf mein Herz und schließe die Augen. »Bitte, bitte, lieber Gott …!«

»Liebe Mia M. Mara,

wir freuen uns sehr, dir heute mitteilen zu dürfen, dass du mit deinem Werk »Mister No« von unserer Jury für die Endausscheidung in der Alterskategorie »bis 17 Jahre« unter 1578 Einsendungen ausgewählt wurdest. Wir gratulieren dir und laden dich hiermit herzlich ein, zusammen mit neun weiteren Gewinnern an der Endrunde in Berlin teilzunehmen …«

Yeah! Ich jauchze und springe hoch. Und dann lese ich den Text ein zweites Mal. Ich habe mich nicht verlesen. Zum Glück habe ich mich angemeldet! Ich hätte nie im Leben gedacht, dass ich in die Endauswahl komme.

Im Brief steht noch jede Menge anderes, nur habe ich jetzt keine Zeit, das alles durchzulesen. Zuerst möchte ich sofort zurücklaufen und meine Eltern abfangen, bevor sie zur Arbeit gehen. Doch als ich auf meinem Handy sehe, wie spät es schon ist, gehe ich weiter in Richtung Schule. Es würde zu lange dauern, Adem und Eva aufzuklären. Meine Mutter hat zwar von Finn ein wenig über den Wettbewerb erfahren. Sie hat es aber bestimmt schon wieder vergessen. Meine Eltern würden **alles** wissen wollen und die ganze Veranstaltung hinterfragen. Sie würden sämtliche Unterlagen sehen und sich die Homepage durchlesen wollen. Ich nehme mir vor, das auf heute Nachmittag zu verschieben.

Ich renne los und hoffe, an der Haltestelle oder im Bus auf Kayra zu treffen. Zu meiner Enttäuschung ist sie weder schon in den Bus eingestiegen, als ich ihn in letzter Minute erwische, noch steigt sie an der nächsten Haltestelle dazu. Sie hat zwei Möglichkeiten und kann beide Stationen nehmen. Für mich nimmt sie nachmittags oft die Haltestelle, an der ich aussteigen muss. Auch wenn sie dann länger laufen muss. Tja, Kayra ist wirklich ein Schatz, das muss ich ihr nachher einfach mal sagen. Ihr habe ich so viel zu verdanken. Nicht nur, dass sie mich ermuntert hat, am Wettbewerb teilzunehmen, sondern sie unterstützt mich sowieso immer in allem. Außerdem ist sie der größte Fan von *Mister No*, und sie war es, die den Kontakt zu Finn hergestellt hat. Und das ist das Größte. Es ist allein Kayras Verdienst, dass ich ihn jetzt näher kennengelernt habe. Finn! Hoffentlich hat auch er es in die Endauswahl geschafft!

Als ich aus dem Bus gestiegen und ein Stück gegangen bin, sehe ich Kayra gerade durch das Schultor schlendern. Sie scheint heute ebenfalls von der strahlenden Sonne beeinflusst worden zu sein. Sie trägt ein hübsches Kleid mit blauen und violetten Blüten. Dazu hat sie ein passendes Bolerojäckchen und blaue Stiefeletten an. Ihr Haar hat meine hübsche Freundin zum Pferdeschwanz zusammengebunden, und den wackelt sie nun in das Schulgelände hinein.

»Kayraaaa! Warteee!«

Prompt dreht sie sich um und strahlt mich an.

Ich laufe zu ihr hin. »Danke, danke, danke!«, sage ich außer Puste.

»Hä? Für was denn danke?«

»Danke für alles. Danke, dass du meine Freundin bist, danke, dass du das mit Finn gedeichselt hast und …« Ich schnaufe. »Und dass du mich immer so unterstützt!«

»Oh, Mia! Muss ich mir Sorgen machen? Ist irgendetwas passiert?«

»Jaaaa!«, rufe ich aus. »Ich sage nur: **Berlin!**«

Kayra versteht nichts. »Berlin?« Aber plötzlich erhellt sich ihr Blick! »Du hast es in die Endrunde geschafft?«

Jetzt wedele ich mit der Siegesbotschaft, wie Herr Kaiser vorhin mit dem Briefumschlag. »Bin unter den ersten zehn!«

»Nein?! Echt? Warum weiß ich eigentlich nichts von

deiner Anmeldung, hä?«, fragt Kayra verärgert. »Ich habe dich doch extra am Stichtag angerufen, damit du es dir mit der Anmeldung noch mal überlegst. Und am nächsten Tag meintest du, dass du es lieber sein lässt. Dabei hast du die Bewerbung sehr wohl abgeschickt.«

Ich sehe verlegen auf den Boden und fühle mich megaschlecht. Ich hatte meiner Freundin gegenüber tatsächlich einfach behauptet, mich nicht beworben zu haben. Es sollte mein Geheimnis bleiben. Schlimm genug, dass Frau Tremer von den fertigen Unterlagen wusste und annahm, ich würde sie abschicken. Natürlich ist meine Freundin zu Recht böse. Doch als ich Kayra mit einer vorgeschobenen Unterlippe und einem von ihr geklauten Dackelblick ansehe, lacht sie plötzlich, und ich weiß, sie hat mir schon verziehen.

Juhuuu! Wir schreien und kreischen und toben auf der Stelle herum, direkt vor dem Eingang zur Schule auf dem Pausenhof. Ich komme mir vor wie die Mädchen, die bei DSDS eine Runde weiter sind und total ausflippen. Oder wie die, die nur eine Haarsträhne von Luca Hänni zu sehen brauchen, um ohnmächtig zu werden. Alle auf dem Hof schauen zu uns rüber und glotzen uns an, als wären wir völlig **gaga**. Nachdem wir uns umarmt und uns einigermaßen beruhigt haben, fragt Kayra mich nach Finn.

»Ich weiß es noch nicht. Hoffentlich wurde er auch nach Berlin eingeladen!«

»Los, lass uns nach oben in die Klasse gehen. Er kommt bestimmt erst zur großen Pause auf den Schulhof«, sagt Kayra. Und unterwegs fragt sie mich, ob ich es der Klasse verraten möchte.

»Ja, aber zuerst Frau Tremer.«

Als Kayra erfährt, dass unsere Lehrerin von meiner Anmeldung wusste, ist sie doch wieder etwas eingeschnappt. Ich muss wirklich weit ausholen und meiner Freundin ausführlich Rechenschaft ablegen, warum ich das mit den fertigen Unterlagen Frau Tremer verraten habe und ihr nicht. Ich erzähle von Frau Tremers Anruf im Beisein meiner Eltern. Ich erkläre Kayra, dass ich es eigentlich **keinem** verraten wollte. Ich war plötzlich gezwungen, Frau Tremer von der fertigen Bewerbung zu berichten. »Es ist einfach passiert, und sie hätte sonst keine Ruhe gegeben, ich schwör's!«

Frau Tremer hat längst mit dem Unterricht begonnen, als Kayra endgültig überzeugt ist. Da erst melde ich mich und gehe nach vorne ans Pult. Unsere Klassenlehrerin sieht nicht mich an, sondern schaut auf das Papier in meiner Hand. Ich weiß nicht, was sie befürchtet, zumindest blickt sie ernst drein. Wortlos lege ich ihr das Schreiben auf den Tisch.

Frau Tremer rückt ihre Brille zurecht, und ich beobachte, wie sich ihre vergrößerten Pupillen hektisch hin und her bewegen. Schließlich bleiben sie stehen und wandern parallel nach oben. Dorthin, wo ich stehe. »Mia Mara! Das ist, das ist …« Und nun kullern aus ihren Augen riesige Tränen heraus. Unsere Klassenlehrerin, die beste auf der Welt, setzt ihre Brille ab und wischt sich erst die feuchten Augen trocken, dann steht sie auf und umarmt mich. »Herzlichen Glückwunsch!«

Ich wage es nicht, in die Klassenrunde zu sehen. Bestimmt sind alle total neugierig. Frau Tremer schiebt mich zur Seite, neben sich ans Pult. Sie dreht mich mit dem Gesicht zur Klasse, setzt wieder die Brille auf und klopft auf den Tisch. »Liebe Schüler der 7c des Wacholder-Gymnasiums. Ich möchte euch heute eine erfreuliche Nachricht mitteilen«, sagt sie feierlich. Anschließend sieht sie zu mir rüber. »Die Nachricht betrifft, wie ihr euch sicher denken könnt, eure Klassenkameradin und Comickünstlerin Mia Mehtap Mara Kahraman.« Frau Tremer nickt mir zu, und jetzt liest sie den Brief vor.

Die Klasse tobt. Pfiffe und Applaus fliegen mir entgegen. Kerry, Juli, »Philip der Erste mit einem l und einem p«, »Filip der Mittlere mit f«, »Philipp der Dritte mit Doppel-p und einem l«, Marissa, Deborah, Kerem, ja sogar die Geschwister Konstanze und Theodor jubeln mit. Und alle wollen genau wissen, wie es nun weitergehen wird, wann ich nach Berlin fahren werde und so weiter. Erst da merke ich, dass ich selbst gar keine Ahnung habe.

Zum Glück liest Frau Tremer den langen Rest des Briefes für mich, denn ich bin viel zu aufgeregt. Sie sagt, im Schreiben stehe, dass sie mir in den nächsten Tagen weitere Informationen zukommen lassen würden. Ich könne mich aber auch schon mal vorab im Internet informieren. Während sie weiterliest, startet unsere Lehrerin den Computer, um direkt auf der Website nachzuschauen.

»Mia?« Frau Tremer sieht plötzlich auf.

»Ja?«

»Hier steht, dass du auf dem Anmeldebogen keine Alterskategorie angekreuzt hast. Sie haben deinem Geburtsdatum entnommen, dass du erst dreizehn bist. Daher brauchst du unbedingt die Einverständniserklärung deiner Eltern. Sie haben ein Auge zugedrückt und geben dir bis Ende der Woche Zeit, die Erlaubnis nachzureichen. Sonst ist deine Teilnahme ungültig.«

Ich spüre, wie meine Augen wachsen und meine Kehle immer trockener wird. Was?

Unsere Lehrerin sieht mich streng an, wie eine typische Lehrerin eben. Ich schlucke. »Äh, oh, tja … ich weiß auch nicht. Ich habe es wohl übersehen.«

Frau Tremer schüttelt den Kopf. Und als sie erfährt, dass meine Eltern bisher von gar nichts wissen, schüttelt sie ihn noch viel heftiger. Ich muss versprechen, mich schnellstens um alles zu kümmern, sonst wird sie morgen bei ihnen anrufen.

»Puh!«, sagt Kayra, als ich wieder neben ihr sitze. »Glück gehabt!«

»Ja, wirklich!« Ich könnte mich ohrfeigen. Auch wenn es letztendlich gut ausgegangen ist, ist meine Freude nicht mehr so ungetrübt. Meine Eltern dürfen sich nun auf gar keinen Fall querstellen. Ich wüsste zwar nicht, wieso sie das tun sollten, aber man weiß ja nie. Schließlich sind es Erwachsene.

Als wir in der Pause unten sind und an der Treppe stehen, suchen Kayra und ich mit unseren Augen den Hof ab. Finn und ich haben zwar zwei Checkpoints ausgemacht – die hat Finn so genannt, klar, er kommt ja aus Berlin –, doch ich sehe ihn nicht. Weder am dritten Baum rechts von der Turnhalle noch an der Einfahrt zu den Parkplätzen, neben dem Haupteingang. Dort in der Nähe hält er sich eigentlich meistens auf, und in den Pausen kann ich direkt zu ihm hingehen. Natürlich nur, wenn Sarah nicht bei ihm ist. Und das ist sie viel zu oft.

Gerade will ich sagen, dass ich ihn nirgends entdecken kann, da stupst mich Kayra an. Aus der Richtung, in die sie zeigt, kommt Finn angelaufen. Er ist von der Hälfte seiner Klasse umgeben. Sarah umarmt ihn und drückt ihm einen Kuss auf die Wange. Mein Magen krümmt sich zusammen. Jeder redet auf ihn ein, irgendwie sind alle ganz wild. Darum traue ich mich nicht, näher zu kommen. **Niemals nie** gehe ich da jetzt hin.

Doch Kayra ist fest entschlossen. Sie stiefelt los und zieht mich einfach mit. »Komm, die Pause ist gleich um.«

Als Finn mich sieht, strahlt sein einzigartiges Lächeln durch die Menge zu mir hindurch. »Mara, ich muss dir etwas zeigen!« Er scheint völlig aufgewühlt zu sein und zwirbelt sich Knoten in die Haare. Das muss er schon die ganze Zeit über gemacht haben, denn von seinem Kopf stehen rundherum Strähnen ab.

Wir treten einen Schritt zur Seite, und ich sehe aus den Augenwinkeln, wie Sarah mit der blütenweißen Haut hochrot anläuft. Finn zieht ein Papier aus seiner Jackentasche. Ich erkenne das Symbol darauf sofort.

»Sag, dass du gewonnen hast, bitte!«, bettele ich und presse die Augen zu. Tief im Inneren weiß ich das aber irgendwie schon längst. Finn will mir, glaube ich, um den Hals fallen, oder er erwartet es von mir, doch ich muss ihn erst einmal bei seinem Vorhaben stoppen. Denn jetzt zücke ich **meinen** Zettel.

Finn reißt vor Verwunderung seine Augen weit auf. **Was?** »Wir, wir sind beide eingeladen?«, stammelt er.

Ja, so ist es! Wir werden beide nach Berlin fahren, um an der Endausscheidung teilzunehmen. Wow.

Finn ist total erstaunt, dass ich mich auch für den Wettbewerb angemeldet habe. Das hätte er gar nicht gedacht. Man sieht, dass er sich riesig für mich freut.

Ich lächele, blicke Finn tief in die Augen. Das Glück, das ich in ihnen sehe, taucht die Umgebung in seine Augenfarbe. Und dann ist für mich alles nur noch himmelblau an diesem sonnigen Frühlingstag.

15

MISTER NO HAT WIEDER neue Hoffnung geschöpft. Er wird Eleonora finden.

So viele Menschen auf kleinstem Raum! Es ist Jahrzehnte her, dass er das letzte Mal Bus gefahren ist. Die Fahrgäste blicken sich um, viele starren ihn an. ÄCHZ. Es ist eng, sehr eng mit einem Riesen in einem winzigen Gefährt. Einige erkennen ihn sofort aus der Zeitung oder dem Fernsehen wieder. Ihre Gedanken sind nicht nur ihren ärgerlichen, bestenfalls erstaunten Blicken zu entnehmen, sondern sie werden auch hörbar:

»Ist das nicht …?«

»Kann er nicht fliegen, statt uns hier den Raum und die Luft zu stehlen?«

»… so eng hier, und dann kommt zu allem Überfluss noch der!«

»Von wegen Superheld!«

»Der wagt es, sich unter uns zu zeigen? Hat er nicht die Señora fast umgebracht?«

Es wird Zeit, dass Mister No wieder zu Kräften kommt und der Welt zeigt, wer er ist und was er kann.

Ich klappe *Mister No und seine neue Flamme* zu. Der Blick in meinen Comic beruhigt meine Aufregung vor dem Wettbewerb kein bisschen. Außerdem wird mir schlecht, wenn ich auf der Fahrt lese. Die Kilometeranzeigen auf der Autobahn sind schlimmer als der Sekundenzeiger einer Uhr, der wenigstens ständig zu sehen ist und sich schnell vorwärtsbewegt. Wir fahren und fahren, und die Tafeln sagen alle paar Minuten, dass wir wieder nur zehn Kilometer hinter uns gebracht haben.

Im Auto von Frau Tremer ist es gemütlich wie in einem Yoga-Studio. Es riecht nach Weihrauch, der aus einer Elefantenfigur strömt, die am Rückspiegel baumelt. Die Rückbank und auch die vorderen Sitze sind mit kleinen Teppichen ausgelegt. **Dilong. Dlang. Dlong dingilang.** Am Heckfenster hängt ein winziges Klangmobile, das mir mit seinem Gebimmel beinahe einen Tinnitus verpasst hätte, wenn nicht Finn der Retter in letzter Not gewesen wäre. Auf der zweiten Raststätte, als Frau Tremer wieder mal dringend für kleine Mädchen musste, hat er die Metallröhrchen einfach um die eigenen Fäden gewickelt. Niemand kann sich vorstellen, wie dankbar Burhan, Kayra und ich ihm waren. Ich weiß nicht, ob Frau Tremer es wirklich nicht gemerkt hat oder ob sie selbst ganz froh war und es nur nicht laut zugeben wollte. Außerdem können wir uns nun alle viel intensiver von der Meditationsmusik aus ihrem CD-Player berieseln lassen.

Wir sind auf dem Weg nach Berlin. Frau Tremer meint, die Fahrt dauere noch mindestens fünf Stunden. Obwohl wir schon drei unterwegs sind. Man muss dazusagen, dass unsere Lehrerin nach Prinzipien lebt. Eines davon klebt direkt vor unserer Nase auf der Rückseite ihres Fahrersitzes: »Wenn du es eilig hast, schalte einen Gang zurück.« Finn hebt den Daumen. Er und ich sind uns einig, das macht sie wirklich gut.

Mein einziger Trost ist: Ich darf die ganze Zeit über eng an Finn gekuschelt sitzen. Obwohl ich – genau wie die anderen – nichts gegen ein großzügigeres Auto mit mehr Beinfreiheit gehabt hätte. Aber das ist nicht so wichtig. **Echt nicht.** Wichtig ist, dass Frau Tremer eine megaliebe Lehrerin ist, mit einem riesigen Herzen in ihrer Brust. Sie hat sich in der letzten Zeit so sehr für uns und diesen Wettbewerb eingesetzt, das würde uns niemand glauben.

Erst einmal hat sie meinen Eltern jeden Zweifel genommen und sie von der Seriosität der Veranstaltung überzeugt. Eva und Adem haben dann pünktlich ihre Einverständniserklärung abgeschickt. Als kurz darauf weitere Informationsmaterialien eintrafen, trudelten damit leider zugleich neue Probleme ein. Weder Adem noch Eva haben morgen – am Tag der Endausscheidung – Zeit. Es war unmöglich für die beiden, sich freizunehmen. Und sie wollten mir nicht erlauben, nach Berlin zu fahren, wenn kein Erwachsener dabei ist. Die Alp-Eltern mochten Kayra und Burhan genauso wenig ohne Begleitung eines Erwachsenen mitfahren lassen. Denn natürlich bestanden meine beste Freundin und ihr Bruder darauf, mit nach Berlin zu kommen. Kayra meinte, sie wolle mich keine Sekunde allein lassen und mir immer seelisch zur Seite stehen. Außerdem habe sie es mir versprochen. Das ist Kayra. Das ist meine beste Freundin!

Ich sagte ja schon, dass Frau Tremer nach festen Prinzipien lebt und deswegen natürlich ihrem Schwur treu bleiben musste. Also hat sie Finn und mich und unsere Freunde unterstützt: »Dann begleite ich euch eben nach Berlin!« Sie hat tatsächlich für uns alle einen Sonderurlaub beantragt. Frau Berger, unsere Rektorin, solle sich mal vorstellen, was es für die Schule bedeute, gleich zwei große Comicpreisträger hervorgebracht zu haben. Es hat geklappt.

Finns Mutter, die als Alleinerziehende voll berufstätig ist und sich ebenfalls nicht freinehmen konnte, hatte einen guten Einfall. Ihr Exmann, zu dem sie selbst keinen Kontakt mehr hat, wohne schließlich in Berlin. Wenn wir bei ihm übernachten würden, könne man sich teure Hotelkosten sparen. Finn hatte die Idee aber schon vor seiner Mutter und seinen Vater darum längst gefragt.

Über Herrn Vogel weiß ich so gut wie nichts. Nur, dass er ungefähr auf der gleichen Wellenlänge liegen muss wie Frau Tremer. Als Finn das Innenleben von ihrem Auto gesehen hat, fühlte er sich gleich an seinen Vater erinnert. **OooOOOMmmmMMmm.** Und als Finn seinen Vater gefragt hat, ob wir bei ihm übernachten können, hat er sich sehr gefreut. Seine einzige Bitte war, dass zumindest die Jungs sich Schlafsäcke mitbringen, weil er nicht genügend Matratzen und Bettdecken habe. Eigentlich weiß ich damit ja doch etwas mehr über den Vater von Finn. Er ist bestimmt superlieb, und wenn sein Sohn nach ihm kommt, muss er verdammt gut aussehen.

Auf unserer halben Weltreise nach Berlin reden wir anfangs nicht so viel. Wie denn auch? Frau Tremers Hypno-

Musik macht uns alle matschig. Spätestens als die Kilometertafel »325 km bis nach Berlin« anzeigt, sind wir eingenickt.

Frau Tremer legt eine scharfe Vollbremsung hin. »Aufwachen!« Wir rasten mal wieder. »Pipipause!«, sagt sie gut gelaunt und singt dabei fast.

»Komm«, sagt Finn. »Wir können uns ja mal die Beine vertreten.«

»Also gut, Kinder, ihr dürft machen, was ihr wollt, aber in fünfzehn Minuten seid ihr wieder hier. Achtet auf die Lkws und die parkenden Autos, die manchmal plötzlich losfahren. Und lasst euch von keinem ansprechen!«

Obwohl Kayra bereits zum zweiten Mal auf die Toilette geht und Frau Tremer sogar zum vierten Mal, seit wir losgefahren sind, beiße ich die Zähne zusammen. Auf öffentliche Stinkstätten habe ich keine Lust. Ich halte das sicher irgendwie aus. Zum Glück lenken die Schmetterlinge in meinem Bauch und Finns Anwesenheit mein Verdauungssystem ab. Ich freue mich so, dass Sarah nicht dabei ist und ich Finn ganz für mich alleine habe. Ich weiß nicht, warum sie sich nicht auch in diesem Fall einfach an ihn gehängt hat, aber ich wette, sie wäre am liebsten mitgefahren.

Als es wieder losgeht, sind alle auf einmal total fit, und die restliche Fahrt wird richtig lustig. Die Rückverwandlung vom matschig geklopften Amöbenhirn zum wachen Menschenköpfchen setzt ein. Wir singen und spielen tatsächlich *Ich sehe was, was du nicht siehst*. Das ist natürlich Frau Tremers Idee, doch es macht echt viel Spaß. Danach dauert die Reise seltsamerweise nicht mehr so lange. Zumindest fühlt es sich an, als sei der Sekundenzeiger – oder eher Frau Tremer – entgegen ihren Grundsätzen geflogen.

Kurz vor Berlin zieht Finn sein Handy aus der Tasche und gibt seine PIN ein. Er will seinem Vater eine SMS schicken, will Bescheid geben, dass wir gleich da sind.

»Oh Mann!«, sagt Finn. »Verrückt!« Als ich ihn fragend ansehe, klärt er mich auf: »Sarah hat heute schon fünf Mal geschrieben.« Wir haben es alle nicht mitbekommen, weil Frau Tremer uns gebeten hat, unsere Handys komplett auszuschalten. Wegen der Aura und so. Auch wenn wir uns daran gehalten haben: Ich glaube, keiner von uns hat wirklich kapiert, was sie damit meinte.

»Zum Glück ist sie nicht mitgefahren!«, sagt Finn auf einmal.

Ich bin total überrascht. So sehr, dass mir ein mächtiger Stein vom Herzen fällt. Ich dachte immer, er würde sie gerne mögen. Ich spüre meine Schmetterlinge wild hin und her flattern. Vielleicht kommen Finn und ich ja tatsächlich eines Tages zusammen? OMG!

Jedenfalls erzählt er, dass Sarah unbedingt dabei sein wollte. Aber natürlich habe sie von der Schulleitung keine Sondererlaubnis bekommen. »Darüber bin ich echt froh, ja, weil Sarah ziemlich verrückt ist. In den letzten Tagen ist mir klar geworden, dass sie einen richtigen Spleen hat! Oh Mann! Auf die Dauer hält man es mit ihr nur schwer aus«, klagt Finn.

Obwohl man meinen könnte, ich müsste mich jetzt noch mehr freuen, versetzt mir diese Aussage einen Dolchstoß ins Herz. Ich weiß ja nicht, was genau Finn damit meint, doch Sarah hat bestimmt keine schlimmen Marotten. Und wenn Finn schon **sie** für verrückt hält, was denkt er dann über mich, wenn er auch nur von **einer** meiner Marotten außer dem Comiczeichnen erfährt? Es steht schon wieder und ein für alle Mal fest: Finn darf **niemals nie** etwas von meinen Spleenen erfahren! Meine gute Laune ist mit einem Mal wie weggepustet.

In der Hauptstadt angekommen, lotst uns mein Held durch die dicht befahrenen Straßen. Er kennt sich unheimlich gut aus. Das liegt daran, dass er hier aufgewachsen ist, wie er meint.

»Wenn wir Zeit haben, zeige ich euch mal meine alte Schule!«, verspricht er uns, als wir tatsächlich nach acht Stunden bei Finns Vater eintrudeln. So, wie Frau Tremer es vorausgesagt hat.

Beim Aussteigen fühlen sich meine Beine an wie zwei Akkordeons. Herr Vogel begrüßt uns direkt unten am Parkplatz. Er hat längere Haare als Finn. Sie reichen ihm bis kurz über die Schulter und haben – genauso wie seine Augen – die gleiche Farbe wie bei Finn. Klar, er hat ein markanteres, männlicheres Gesicht, aber er sieht Finn ansonsten total ähnlich. Also, eigentlich umgekehrt: Der Sohn kommt ganz nach seinem Vater. Was Herrn Vogel von Finn unterscheidet, ist sein Klamottengeschmack und sein rötlicher Dreitagebart. Und während Finn immer total cool herumläuft, ist Herr Vogel ziemlich leger gekleidet. Man könnte meinen, er käme direkt von einem Urlaub auf Hawaii. Er trägt eine locker sitzende graue Jogginghose und ein dünnes weißes Hemd, das nur bis zur Brust zugeknöpft ist und dessen Ärmel er hochgekrempelt hat. Darunter baumelt ein Skarabäus-Amulett an einem langen schwarzen Lederband.

»Seid herzlich willkommen!«, sagt Herr Vogel mehrmals und umarmt nicht nur Finn, sondern drückt uns alle der Reihe nach ganz fest. Auch Frau Tremer. Als er den Kopf in den Wagen steckt, um uns mit dem Gepäck zu helfen, strahlt er noch ein bisschen mehr. »Ich bin Stefan«, sagt er zu Frau Tremer, als hätten sie sich eben nicht schon aufs Innigste begrüßt.

»Heidrun«, sagt Frau Tremer, und dann begrüßen sie sich beide erneut auf ihre Art.

Namaste!

»Ein weiterer Eye-Candy«, flüstert mir Kayra zu, als wir die Treppen bis in den fünften Stock des mächtigen Altbaus hochgehen. »Liegt offensichtlich in der Familie!«

Die Treppen knarren aufs Heftigste, als sechs Leute gleichzeitig die Stufen erklimmen.

Die Wohnung von Finns Vater sieht eigentlich genauso aus wie Frau Tremers Pkw von innen.

»Hab ich doch gesagt!«, meint Finn grinsend, als Kayra und ich uns staunend umsehen und Burhans Nase feststellt, dass hier der gleiche Weihrauchgeruch in der Luft schwebt wie im Auto. »Ich lüfte nachher, versprochen«, beruhigt Finn seinen Freund.

In der Wohnung liegen lauter Kissen herum, in sämtlichen Farben und in jeglichen Formen, aus glänzenden Stoffen, aus matten, vor allem aus gemusterten. Und es gibt viele runde Yoga-Kissen. Außerdem hängen hier jede Menge Leuchter, Lampen und Mobiles von der Decke herunter, und überall sind orientalische Teppiche ausgelegt. Logisch, dass Frau Tremer sich superwohl fühlt und sich gleich im gekonnten Schneidersitz auf einem Teppich niederlässt.

Herr Vogel hat lecker gekocht. Nicht indisch, sondern ganz einfache Alltagsküche. Es gibt Spaghetti mit vegetarischen Würstchen. Lecker. Ich meine, mir schmeckt es. Ich glaube, Kayra, Burhan und Finn hätten lieber echtes Fleisch gegessen. Aber keiner meckert. Stattdessen sind die Teller alle leer, als Finns Vater sie in die Küche trägt.

Beim Essen bietet Herr Vogel auch uns das Du an, was Frau Tremer richtig klasse findet. Sie ist so begeistert, dass sie sich fragt, warum sie selbst nicht schon früher darauf gekommen ist. »Na, dann … dann duzen wir uns ab sofort alle, ja?«

Ich erkenne Frau Tremer fast gar nicht mehr wieder. Wie **cool**. Wir dürfen von nun an »Heidrun« zu ihr sagen.

Nachdem Stefan uns gezeigt hat, wo jeder schlafen wird, will Heidrun eine Lockerungsübung mit uns machen. »Morgen wird ein anstrengender Tag für euch beide, deswegen solltet ihr euch jetzt so richtig entspannen, damit ihr gut schlafen könnt.«

»Oh, gut!«, sagt Burhan grinsend zu Finn. »Macht das ruhig, ich gehe schon mal Zähne putzen.«

»Gute Idee. Ich komme mit!«, sagt Kayra. Die Geschwister scheinen es eilig zu haben, das Zimmer zu verlassen.

»Warum?« Stefan kommt herein, nachdem er die Teetassen weggeräumt hat. »Lasst uns doch alle zusammen die Übung machen. Gemeinsam können wir bestimmt viel besser loslassen.«

Kayra und Burhan haben keine Chance, zu protestieren. Und kurz darauf liegen wir da: auf dem Boden in der Wohnung von Finns Vater in Berlin. Kayra neben mir. Ich neben Finn. Dann kommt Burhan, danach Stefan, und mit Heidrun schließt sich der Kreis. Wie Wasserballetttänzerinnen, die sternförmig auf der Wasseroberfläche schweben, treffen sich unsere Füße in der Mitte. Auf großen, bunten Badetüchern, die Stefan uns gebracht hat, lauschen wir gemeinsam Heidruns einschläfernder, fast gruseliger Stimme: »Meine Arme und Beine sind schwer. Meine Arme und Beine sind schwer. Meine Arme und Beine sind **gaaanz** schwer. Mein Atem ist ruhig und entspannt. Mein Atem ist ruhig und entspannt. Mein Atem ist **gaaanz** ruhig und entspannt.«

Seltsamerweise wirkt diese Übung sehr schnell und gut bei mir. **Zu schnell.** Ich werde sofort ruhig, immer ruhiger, **gaaanz** … Und plötzlich schrecke ich auf. Jemand hat geschnarcht. Vorsichtig öffne ich die Augen und wage einen Blick hinüber zu Kayra. Ihre Augen sind geschlossen, aber sie zuckt unruhig hin und her. Sie scheint wach zu sein. Nun gucke ich zu Finn. Seine himmelblauen Augen sind geöffnet und sehen mich an.

Finn lacht leise in sich hinein. Er hebt den Zeigefinger und deutet damit auf mich. »Das warst du!«, sprechen seine Lippen stumm. Auf der Stelle wird mir heiß, und bestimmt laufe ich rot an.

Kayra und ich dürfen in Finns Zimmer schlafen. Ich bekomme **sein** Bett, für Kayra hat Stefan eine dicke Matratze hereingetragen. Burhan und Finn werden sich auf den orientalischen Teppichen im Wohnzimmer in ihre Schlafsäcke kuscheln. Obwohl ich mir das gar nicht so bequem vorstelle. Frau Tremer, pardon, Heidrun, bekommt die aufklappbare Couch im Arbeitszimmer.

Kayra liegt schon im Bett, hat die Decke bis zur Nasenspitze hochgezogen und schläft vermutlich längst, als ich mit frisch geputzten Zähnen ins Zimmer komme. Meine Freundin und ich haben uns eben bereits wie zwei Detektive umgesehen. Schließlich war das mal Finns Zimmer. Wie er uns allerdings vorausgesagt hat, haben wir keine Spuren mehr von ihm und seiner Vergangenheit gefunden. Alle Sachen seien nun bei seiner Mutter in seinem neuen Zimmer, hat er erklärt. So scheint das auch zu sein. Nur ein paar Kinderfotos hängen noch an den Berliner Wänden.

Ein Bild, auf dem Finn als kleiner Lockenkopf am Strand mit einem Eimer und einer Schaufel spielt, berührt mich irgendwie total. Der Blick ist zuckersüß, aber gleichzeitig etwas traurig. Am liebsten würde ich diesen Jungen auf den Arm nehmen, ihn trösten und mit ihm spielen, bis er wieder fröhlich ist.

Ich ziehe mein Knubbeltuch aus meiner Tasche heraus. Sicher ist sicher. Auch wenn ich jetzt in Finns Bett liegen werde, so bin ich doch in einer fremden Wohnung, in einer fremden Stadt. Außerdem ist er ja nicht bei mir. Und morgen ist das große Finale, und mir spukt die Sache mit Sarah durch den Kopf. Finn darf **niemals nie** von meinen Marotten erfahren, sonst ist er lieber mit Sarah zusammen als mit einer wie mir, die hundert Ticks hat. Wenn er sie schon wegen **eines** Spleens für verrückt hält, was habe ich dann noch für eine Chance? Keine Ahnung, ob ich einschlafen kann.

»Was ist das?«, fragt Kayra, und ich schrecke zusammen.

»Hä? Ich dachte, du schläfst!«

»Nö. Sag doch mal, was ist denn das?« Meine Freundin lässt nicht locker.

»Nichts«, sage ich.

»Wie, nichts?«

»Na, nichts, nur ein … Taschentuch.«

»Quatsch. Ist das nicht ein Geschirrtuch? Was willst du bloß mit einem Geschirrtuch im Bett?«

»Nihiiiichts!«

»Aah!«, sagt Kayra. »Jetzt verstehe ich. Das ist dieses Tuch, das du neulich in der Schule im Ärmel hattest, oder? Da hast du auch behauptet, es sei ein Taschentuch!«

Ich antworte nicht und hoffe, dass Kayra endlich einschläft und mich in Ruhe lässt.

Ich wende ihr demonstrativ den Rücken zu und krame hier und dort ein bisschen in meinen Sachen herum. Nach einer Weile schaue ich sicherheitshalber nach, ob Kayra mich immer noch anstarrt. Meine Freundin hat sich zum Glück wieder umgedreht. Schlapp, wie ich bin, greife ich nach Finns Kissen, schüttele es auf und werfe es zurück auf sein Bett. Dann schlage ich mit der rechten Handkante wie ein Karatekämpfer dreimal in die Mitte, sodass eine Mulde entsteht. Genau dort kommt mein Kopf hinein.

»Warum zerhackst du Finns Kissen?«

Mann! »Du hast mich erschreckt!«, sage ich. »Tue ich gar nicht.«

»Doch, Mia, tust du!«

»Ich … ich habe es bloß aufgebauscht.«

Kayra schweigt. Danach holt sie tief Luft. »Mia Mara! Ich habe dich schon lange beobachtet. Du machst lauter seltsame Dinge. Ich glaube, du hast ein paar echt komische Ticks!«

»Habe ich nicht!«

»Und ob!«, sagt Kayra und sieht mich seltsam an. Fragend, neugierig, herausfordernd, frech und irgendwie auch so, als wäre ich verrückt. Alles auf einmal.

Einen kurzen Moment überlege ich, was ich nun tun soll. Ich schiebe echt Panik. Niemand darf von meinen Marotten wissen. Aber dann werde ich wütend und finde, dass meine beste Freundin echt zu weit geht. Ich muss sie stoppen. Das darf kein Marottengespräch werden. Sie darf mir einfach nicht auf die Schliche kommen. »Gute Nacht!«, sage ich und hoffe, Kayra hält endlich die Klappe.

»Hm … Nacht, Mia.«

Schließlich ist Ruhe. Obwohl es frische Bettwäsche ist, schnuppere ich an Finns Kissen. Keine Spur von ihm. Es wäre so schön, wenn er bei mir wäre und mich umarmen könnte. Ich mache mir Sorgen. Hoffentlich ist Kayra morgen nicht mehr eingeschnappt, und hoffentlich kommt sie nicht auf die Idee, den anderen von meinen Marotten zu erzählen! Vor allem darf Finn nichts davon erfahren!

Ich schließe die Augen und versuche mir vorzustellen, wie Finn bis vor nicht allzu langer Zeit jede Nacht hier geschlafen hat, wie er als dieser kleine Junge vom Strandfoto Legoburgen in diesem Zimmer gebaut hat. Unglaublich. Ich wälze mich hin und her. Es hilft nichts. Ich kann nicht einschlafen. Da ist nämlich noch der Wettbewerb, den ich nicht einfach verdrängen kann. Am besten, ich gehe in Gedanken die letzten drei Folgen von *Mister No* durch, die ich bei der Bewerbung eingereicht hatte. Wer weiß, vielleicht fragt mich ja morgen jemand etwas dazu, da sollte ich locker und ohne zu zögern antworten können.

Mister No steht im Bus und wird böse, bitterböse. GRRRR! Er ist es nicht gewohnt, dass man ihn so seltsam ansieht. Er ist schließlich nicht verrückt. Wo bleibt der Jubel, der seine Wege pflastert? Na ja, manchmal jedenfalls. Trauriger Held!

Verantwortungsbewusst, wie er ist, stürzt er an der nächsten Haltestelle Hals über Kopf aus dem Bus. HOPS. Schließlich kann er für nichts garantieren, wenn ihn die Wut überkommt.

Es ist ein Ort außerhalb der Stadt, einsam und verlassen. Mister No sieht sich um, mächtige Tannen werfen dunkle Schatten, der Wind heult ein trauriges Lied. Jadarit. Aus seiner Tasche glüht ein rosarotes Licht auf.

Jemand tippt auf sein Kreuz, ist offenbar zu klein, um die Schulter des Superhelden zu erreichen. »Folge mir!«, sagt eine unbekannte Stimme.

16

UNTERDESSEN …

»Du wirst Mister No hierherlocken. Du wirst ihm sagen, dass du ihn hier erwartest. Behaupte, du wärst allein und hättest Schmerzen. Hast du verstanden?!« Señor Alvarez hält seiner Schwester bedrohlich nah den Hörer vor das schöne Gesicht.

»Du Dummkopf! Wie soll ich denn mit den Händen auf dem Rücken telefonieren?«

Der Gouverneur deutet den grimmigen Muskelmännern an, seine Schwester zu entfesseln. Auch dass Eleonora behauptet, sie kenne die Nummer ihres Geliebten nicht, bringt nichts. Ihr Bruder stolziert in einem geschniegelten Anzug umher, zwirbelt seinen langen, dünnen Schnurrbart, während seiner Schwester ein Zettel mit der Nummer 555 03 89 91 gereicht wird.

Ihr Bruder kann nicht sehen, welche Nummer Eleonora wählt. Sie tippt: 555 03 88 91.

UPS. Am anderen Ende der Leitung sitzt eine schwerhörige Großmutter und schimpft, weil sie kein Wort versteht. »Was? Wohin soll ich kommen? Sie haben Schmerzen?«, kreischt sie. »Also, wenn hier jemand

Schmerzen hat, dann bin ich das! Sie sollten sich was schämen, eine alte Frau wie mich ...!«

Eleonora sagt den Text auf, den sie von ihrem Bruder vorgeschrieben bekommen hat, und der mächtige Bankier reibt sich die Hände. HIHIHI. »Wenn Mister No endlich außer Gefecht gesetzt ist, steht meiner Wiederwahl nichts mehr im Weg! Dieser Superheld, der dauernd meine Pläne durchkreuzt, kommt mir dieses Mal nicht in die Quere.«

Ich wollte Finn auf keinen Fall im Schlafanzug und mit einem von der Nacht zerknautschten Gesicht begegnen. Deswegen bin ich ganz früh aufgestanden und habe mich ins Bad geschlichen. Da zum Glück noch niemand außer mir wach war, konnte ich mich in Ruhe komplett für den heutigen Tag fertig machen. Ich habe mich geschminkt und meinen Haaren mehr Volumen gegeben. So, wie ich es immer tue, seit Kayra mich für Finn »bearbeitet« hat. Natürlich in viel abgeschwächterer Form. Ich trage meine schicke neue Jeans. Eva und Adem haben mir für den großen Anlass ein galaktisch cooles T-Shirt geschenkt. Es ist tailliert und pink. Und der Hammer ist: Vorne schillert in Silber meine elegante Señora Eleonora, so, wie ich sie das erste Mal auf einem Barhocker gezeichnet habe.

Als ich zurück ins Zimmer komme, ist Kayra bereits wach und sitzt auf ihrer Matratze. In ihrer Hand hält sie mein Knötchentuch.

»Hey!«, sage ich erschrocken. »Gib das her!« Ich fasse es nicht, dass sie heute Morgen wieder damit anfängt.

»Guten Morgen, Mia!«

»Morgen.«

»Siehst du, doch kein Taschentuch.«

Ich presse die Lippen fest aufeinander. Was soll ich dazu sagen?

»Also, ich finde«, sagt Kayra und klingt dabei oberlehrerschlau, »du könntest ruhig zugeben …«

»Was könnte ich zugeben?«

»Na, das ist ja wohl nicht normal, ein Geschirrtuch mit ins Bett zu nehmen oder es in der Schule in seinen Ärmel zu stecken. Was veranstaltest du eigentlich damit?«

»Nichts.«

»Pah – nichts! Und warum willst du Finns Kissen killen? Machst du das auch zu Hause?«

»Lass mich in Ruhe!«

»Ich sagte ja, es ist mir schon lange aufgefallen. Du tust komische Dinge.« Kayra klingt wie eine fiese Agentin.

»Spinnst du? Denkst du, ich habe einen Spleen, oder wie?!« Ich werde allmählich sauer. Meine Freundin verdirbt mir die Laune, obwohl es ein unbeschreiblich wichtiger Tag für mich ist. So wichtig, dass sie sogar extra mit nach Berlin gefahren ist, um mich zu unterstützen. Und nun? Ich bin den Tränen nahe und will kein Wort mehr mit ihr reden. Vielleicht liegt es an meiner Aufregung, dass ich so empfindlich bin, aber egal. Ich öffne die Tür von Finns altem Zimmer, um zu gehen.

»Miaaaahaaa!« Kayras Ton hört sich auf einmal ganz anders an. »Jetzt warte doch.«

Ich bleibe stehen.

»Ich will ja nur sagen, dass du das nicht verheimlichen musst. Erst recht nicht vor mir. **Jeder** hat schließlich irgendwelche Marotten!«

Als ich den letzten Satz höre, drehe ich mich um und sehe Kayra direkt an. »Jeder?«

»Na ja, bestimmt«, sagt meine Freundin verunsichert.

»Und du?«, frage ich. Mir ist bewusst, wie provozierend ich klinge.

»Keine Ahnung«, sagt Kayra. »Ich glaube nicht …«

Plötzlich fällt es mir wie Schuppen von den Augen. Klar! Ich wäre nie darauf gekommen, das so zu benennen, dabei muss es genau so sein: »Also gut …« Ich stemme meine Hände in die Hüfte. »Was ist mit deiner Kuscheltierfamilie?«

Kayra schweigt.

»Was machst du denn mit denen? Und warum bist du beleidigt, wenn ich sie ›Viecher‹ nenne?«

»Hm, weil das gemein ist. Das sind meine Freunde … Ich meine, das waren sie … als ich noch klein war.«

»Haha«, sage ich. »Siehst du! – Du bist jetzt dreizehneinhalb, falls du's nicht mitbekommen hast!« Ich bin so überrascht. Bisher dachte ich, nur **ich** würde seltsame Dinge tun. Dabei habe ich das mit den Kuschelviechern schon lange gewusst. Ich habe es bloß nie als Kayras Marotte angesehen.

Kayra überlegt eine Weile. Sie setzt ein paarmal an, schließt den Mund jedoch immer wieder. »Okay«, sagt sie dann nachdenklich. »Du bist meine beste Freundin, darum darfst du's auch wissen. Aber niemandem verraten, ja?«

Ich nicke und schwöre es ihr. Kayra rutscht zur Seite und macht mir Platz auf der Matratze. Sie gibt zu, noch heute ab und zu mit ihren »Freunden« zu sprechen und ihnen eine gute Nacht zu wünschen. »Es ist eine Angewohnheit. Ich habe das Gefühl, ich kann sonst nicht schlafen. Wie früher. Ich hatte als Kind immer ein Kuscheltier mit im Bett.« Meine Freundin sieht aus, als würde sie sich echt schämen. Jedenfalls leuchten ihre Wangen rot, und sie schaut mit traurigen Welpenaugen nach unten. »Ich weiß, es ist peinlich …«

»Gar nicht.« Ich schüttele den Kopf, und mir fällt nichts Besseres ein, um meine Freundin zu trösten, als ebenfalls ein Geständnis abzulegen: »Ich kenne das. Diese Spleene sind ganz schön fies. Manchmal kommt es mir so vor, als wenn sie über mich bestimmen, weil ich Dinge mache, die ich gar nicht tun will.«

Kayra nickt und sieht mich mit einem Herzbrecherblick an. So erzähle ich weiter, gestehe der besten Freundin auf der Welt alle meine peinlichen Geheimnisse: dass ich einen Ordnungstick habe, was meinen Zeichenblock und meine Grafitstifte angeht, und wie sehr das Knubbelfühlen mich beruhigt. Ich gebe zu, besser schlafen zu können, wenn ich mein Kissen so schlage, wie sie es gestern gesehen hat. Und dann fällt mir noch ein, dass ich alles Mögliche kontrollieren muss, bevor ich das Haus verlasse. »Aber nur, wenn ich allein zu Hause bin«, sage ich.

Doch Kayra findet das völlig normal. Wenn sie allein zu Hause sei, gehe sie auch oft auf halbem Weg zur Schule wieder zurück, weil sie sich nie ganz sicher sei, ob sie alles ausgeschaltet hat.

»Und was sagst du dazu, dass ich nicht atmen kann, bis mindestens dreißig zählen muss und nichts anfassen kann, wenn es eklig riecht?«, frage ich.

Meine Freundin zuckt mit den Achseln. »Ganz schön dämlich!« Typisch Kayra, sie lacht los und kringelt sich.

Ich kann nicht anders, ihr Gekicher ist immer ansteckend. Mein Kopf knallt auf ihr Knie, weil mein Bauch sich beim Lachen zusammenzieht. Aua. Ich kann gar nicht beschreiben, wie froh und erleichtert ich bin, mich mit Kayra ausgesprochen und meiner besten Freundin meine Marotten gestanden zu haben. Wieso dachte ich nur, Kayra hätte kein Verständnis dafür? Missverständnisse wie gestern Nacht können manchmal solch ein Segen sein!

»Weißt du was?« Kayra hat auf einmal eine Idee. »Du brauchst ein getragenes T-Shirt von Finn, das du anstelle deines Knubbeltuchs benutzt. Dann kannst du sagen, wie gerne du daran schnupperst, und die ganze Welt versteht das.«

Hey! »Das ist gut! Das stimmt! Wenn man verliebt ist, finden alle ein Schnuffel-T-Shirt normal.«

»Ja, du musst es nur anders nennen. So kannst du daran schnuppern und so viele Knubbel und Fussel fühlen, wie du willst. Wenn jemand fragt, erzählst du einfach, wie sehr du den Jungen vermisst, in den du verknallt bist.«

»Nur«, werfe ich ein und bin plötzlich richtig traurig, »Finn ist doch überhaupt nicht mein Freund. Wie soll ich denn jedem davon erzählen, wie sehr ich verliebt bin, wenn ich es bisher nicht mal ihm selbst gestanden habe?« Und wieso sollte er mir überhaupt ein T-Shirt von sich geben, wenn wir gar nicht zusammen sind und es vermutlich auch in Zukunft nie sein werden? Ich erkläre Kayra, dass ich sicher bin, er würde nicht wie sie reagieren, wenn er von meinen Ticks wüsste. Er könnte es bestimmt nicht verstehen. »Er hat mir auf der Fahrt hierher gesagt, Sarah sei ihm zu verrückt, sie habe einen Spleen. Meinst du, da würde er mich als Freundin haben wollen? Mich mit all den seltsamen Marotten?«

»Mia! Du übertreibst. Wie gesagt: **Jeder** hat einen Spleen. Außerdem, sieh es einfach so: Selbst wenn diese doofe Sarah keinen Tick hätte, könnte Finn sie garantiert trotzdem nicht leiden.«

Dabei ist eigentlich Kayra diejenige, die übertreibt. Sie ist eine Verdrehungskünstlerin und macht mich jedes Mal sprachlos. Sie sagt, es könne nicht mehr lange dauern, bis Finn und ich ein Paar werden. »Ich weiß, er findet dich toll!«

Auch wenn sie mir Mut machen möchte, das geht zu weit. Ich kann das einfach nicht glauben. Ihre geniale Idee merke ich mir trotzdem. Ob ich an ein T-Shirt von Finn kommen könnte, ohne dass er erfährt, was ich damit vorhabe? Gerade als ich darüber nachdenke, klopft es an der Tür.

»Kayra! Mia Mara! Seid ihr schon wach? Wir müssen uns beeilen.« Es ist Heidrun. Ihre Stimme klingt aufgeregt. Also müssen meine Freundin und ich unser Gespräch erst mal beenden. Aber ich bin beunruhigt. Bevor Kayra die Tür öffnet, halte ich sie zurück. »Bitte erzähl keinem etwas von meinen Marotten, ja? Bitte! Vor allem darf Finn davon nichts mitbekommen, okay?«

»Mia! Na klar. Ehrensache, ich schwör's!«

Außerhalb von Finns altem Zimmer geht alles drunter und drüber. Heidrun hetzt uns ganz schön durch den Morgen. Dabei sind wir gar nicht so spät dran. Nur Burhan kommt einfach nicht aus seinem Schlafsack, und Heidrun braucht Kayras Hilfe. »Wie macht ihr das denn zu Hause immer?«, will sie wissen.

Wir laufen hin und her, machen Lärm, rufen ihn. **Nichts.** Dann versuchen wir es noch einmal. Zuerst Kayra, danach Finn, schließlich auch Heidrun und ich, und zu guter Letzt Stefan. Wir alle geben unser Bestes.

»Burhan, aufwachen!«

»Wir kommen zu spät!«

»Burhan, los jetzt!«

Nichts.

Zum Schluss bleibt uns nur eins übrig. »Das machen mein Vater und meine Mutter mit ihm, wenn's gar nicht anders geht«, verrät Kayra. Finn und Stefan packen den Schlafsack am Kopf und an den Füßen und schaukeln Burhan wach. **Uaaaaah.** Schon nach ein paarmal Hin-und-her-Schwingen steht Burhan auf den Füßen und kippt wie eine steife Mumie auf das Kissenmeer. Den Schwindelanfall muss er in Kauf nehmen.

Als alle anderen dabei sind, ihre Sachen aufzuräumen und sich fertig zu machen, zieht Finn mich in sein Zimmer. »Na, wie hast du in meinem Bett geschlafen?«

»Gut!«, sage ich. »Sehr bequem, dein Bett!«

Finn sieht mich lange an. Wir lächeln uns eine Weile an. Es ist schwer, seinem Blick standzuhalten und ihm nicht auszuweichen. Ich habe das Gefühl, als wolle Finn mir etwas sagen. Er lächelt, aber er schweigt. Dann hebt er seine Hand und streicht über meine Wange. »Schön siehst du aus!«

Noch bevor ich etwas darauf sagen kann, geht Finn hinaus, und ich bleibe einen Moment im Bann seiner Berührung gefangen. **Boom. Boom. Boom.** Das Pochen meines Herzens ist das Einzige, was ich jetzt wahrnehme. Ich kann es nicht glauben. Habe ich das eben wirklich erlebt? Kayra hat scheinbar wirklich recht, und Finn findet mich mehr als nur nett. Ich bin so glücklich. Ach, Mann! Es könnte alles so schön sein, wenn nicht meine doofen Marotten wären!

17

SEÑOR ALVAREZ WEISS, dass er vorsichtig sein muss, wenn er Mister No den letzten Dolchstoß verpasst. Er muss weiterhin versuchen, die Medien auf seine Seite zu ziehen. Schließlich gibt es nicht so viele Helden, und die Leute hegen Sympathien gegenüber Mister No. Auch wenn er meistens ein Tollpatsch ist, Held bleibt Held.

»Nun wird es langsam Zeit!«, droht der Gouverneur, als seine Schwester den Telefonhörer auflegt. Er denkt an die sehnsüchtig erwartete Lieferung Kryptonit aus dem All. BLINK! Bei seinem schauerlichen Grinsen blitzen mindestens fünf goldene Zähne auf.

Die Lady weint. HEUL. SEUFZ. SCHLUCHZ.

»Tz. Tz. Was findest du an solch einem stinkenden Nichtsnutz?«

Eleonora kann es nicht ertragen, wenn ihrem geliebten Helden dermaßen Unrecht geschieht. »Er mag zwar stinken«, erwidert sie mutig. »Aber dein böses Herz ist ekliger als der schlimmste Gestank!« IGITT.

Der Gouverneur wird böse. GRRR. »Liebe kleine Schwester«, knirscht er. »Du hörst mir jetzt mal gut zu: Dir hat es nie an etwas gefehlt, seit unserer Kindheit war ich Vater und Mutter zugleich für dich.« SCHNIEF. Plötzlich bebt seine Stimme. »Ich bin ein einflussreicher Mann, und dir stehen alle Türen offen, doch du widersetzt dich mir. Wenn du erst mal die Frau von Mister Jäckel bist, werden wir die Mächtigsten und Reichsten von Neubergshill sein. Und kein Mister No wird uns jemals wieder in die Quere kommen, dafür sorgt das Kryptonit!«

»NIEMAAAALS!« Der mutige Ruf von Eleonora legt sich wie ein hoffnungsvoll leuchtendes Sternenzelt über den Himmel von Neubergshill.

Ich klappe meinen *Mister No* zu. Irgendwie hatte ich das Bedürfnis, noch einmal reinzuschauen, bevor wir die Straßenbahn verlassen. Das *Institut für Wort und Bild* ist ein mächtiges Hochhaus mit einer Spiegelfassade. Als wir hineingehen, erfahren wir, dass die Veranstaltung gar nicht in diesem Gebäude stattfinden wird. Die Halle, in der alle Finalisten unter Aufsicht zeichnen und ihr Können unter Beweis stellen müssen, liegt zwei Straßen weiter. Der Mann an der Information ist sehr nett. Er geht mit uns hinaus und weist uns mit lang gestreckten Armen und viel zu vielen Worten den Weg.

Es ist wirklich nicht weit. Im Schatten der Hochhäuser ist es allerdings sehr windig. **Wosh!** Ein Windstoß, und ich glaube, nicht nur meine Tasche, sondern sogar ich selbst fliege davon. Finn steht mir sofort zur Seite. Mein Hero will mir seine Jacke geben.

»Danke, Finn. Mir ist nicht kalt. Aber …«

Finn bleibt kurz stehen und sieht mich besorgt an. »Aber?«

»Ich bin total aufgeregt!«, wimmere ich.

Finn nickt. »Ich auch!« Seine Finger wandern gedankenverloren in sein wehendes Haar und beginnen, es zu drehen. »Oh ja«, sagt er. »Ich auch.« Dann legt er den Arm um meine Schultern und schiebt mich gegen den Wind an. »Wir werden es schon schaffen!«

Als wir vor der kuppelförmigen Halle stehen – es scheint eine Veranstaltungshalle, eine Bühne oder ein Messegebäude zu sein, jedenfalls ist sie riesig –, stockt mir der Atem.

Den anderen scheint es ähnlich zu gehen.

Burhan pfeift durch die Zähne.

»O-oh!«, sagt Kayra ehrfürchtig.

Stefan sagt nichts, Heidrun ebenfalls nicht, doch sie klatscht in die Hände. Sie scheint sich richtig zu freuen.

»Herzlich willkommen!« Diesmal begrüßt uns an der Pforte eine junge Frau. Sie ist so freundlich wie ihr oranges T-Shirt. Darauf ist ein Superheldenscherenschnitt zu sehen, der auf den Betrachter zuzufliegen scheint. Darunter steht in Schwarz der Schriftzug »Heldenhaft«. Ihr Namensschild will uns weismachen, sie heiße Lois Lane, wie eine der Figuren aus den *Superman*-Comics. Als ich in die Halle hineinschaue, sehe ich mindestens dreißig oder fünfzig Leute, die das gleiche Oberteil tragen. Sobald die Frau erfährt, dass wir zu den Teilnehmern des Wettbewerbs gehören, strahlt sie mindestens zehn Stufen stärker. Sie greift nach einem mächtigen Walkie-Talkie-Gerät und ruft eine

Kollegin an – angeblich Rachel Dawes aus dem *Batman*-Film –, die innerhalb von Sekunden um die Ecke flitzt.

Rachel kennt Finn und mich mit Namen. Klar, wir sind wohl die Einzigen, die von vornherein angekündigt haben, dass sie zu zweit kommen werden. Wir müssen Rachel nur sagen, wer aus unserer Gruppe zu unseren Namen gehört. »Ihr müsst Mia Mara und Finn sein«, sagt sie nämlich beim Begrüßen und geht auf Kayra und Burhan zu, um ihnen die Hand zu schütteln. Als feststeht, dass ich ich bin und Finn Finn, werden wir gebeten, ihr zu folgen. Wir können uns gar nicht richtig von Heidrun, Stefan, Kayra und Burhan verabschieden. Keiner weiß, was auf uns zukommen wird. Nur so viel steht fest: Auch unsere Begleiter bekommen eine VIP-Behandlung. Sie werden vom Hulk persönlich in andere Räume gebracht.

Finn und ich werden in ein Zimmer geführt, wo wir uns erst einmal ausruhen und entspannen dürfen. Wir können meditieren oder uns warm zeichnen, je nachdem, wonach uns gerade ist. Es ist ein helles Zimmer und strahlt uns sonnengelb entgegen, obwohl es nur ein winziges Fenster gibt. Die Sessel sind orange und apfelgrün und sehen total gemütlich aus. Außerdem ist dort tatsächlich eine kleine Entspannungsecke mit einem Teppich und vielen Bodenkissen ausstaffiert. Auf dem winzigen Beistelltisch steht sogar eine Mini-Stereoanlage mit Kopfhörern. Es könnte ein Künstlerzimmer sein, weil hier obendrein einen riesiger Schminktisch steht.

Rachel erklärt Finn und mir den Ablauf. Nachher werden wir den anderen acht jugendlichen Gewinnern vorgestellt und müssen unter Aufsicht der Jury zeichnen. »Nein, zu diesem Zeitpunkt ist noch kein Publikum dabei!«, beruhigt Batmans Freundin mich, als ich nachfrage. Das ist nämlich mein größter Horror. Ich habe immer Schweißausbrüche bekommen, wenn ich mir vorgestellt habe, dass Kameras auf unsere Hände gerichtet und diese live und in Großaufnahme einem riesigen Publikum gezeigt werden. Zum Glück ist das nicht so.

Aber tatsächlich sollen hinterher – wenn die Entscheidung, wer gewonnen hat, feststeht – die Zuschauer, die geladenen Gäste und die Presse hereingelassen werden, erklärt Rachel. Sie warnt uns vor: »Vielleicht bekommen einige angemeldete Pressevertreter schon vorher Einlass, um euch zu interviewen.«

Finn hält die ganze Zeit über meine Hand, um mir Mut zu machen. Mit seiner anderen Hand zwirbelt er sich Knoten in die Haare. OMG. Ein Interview. Presse. Wie sich das anhört.

»Nach der großen Preisverleihung für beide Alterskategorien wird die Ausstellung eröffnet«, erläutert Rachel. Und zwar so schnell und nüchtern, als hätte sie diesen Text bereits fünftausend Mal aufgesagt.

»Ausstellung?«, fragt Finn.

»Ja, von euren Einsendungen! Sie ist fast fertig. Die Kollegen unten arbeiten auf Hochtouren. Sieht klasse aus!«

Mir wird richtig schwindlig. Hätte ich mich vielleicht doch nicht anmelden sollen? Langsam fange ich an, es zu bereuen! Auch wenn ich unter die besten zehn jugendlichen Comiczeichner gewählt wurde, fühle ich mich ganz schön matschig und habe richtig Bammel. Mein einziger Trost ist, dass Finn bei mir ist. Aber ich glaube, Finn hätte jetzt genauso gern wie ich die anderen als seelische Unterstützung bei sich. Kayra, Heidrun, Burhan und Stefan – schließlich sind sie ja nicht umsonst mitgefahren.

»Oh!«, sagt Batmans Freundin, als ich frage, wann sie zu uns kommen können. »Eure Freunde werdet ihr beim Mittagessen wiedersehen.« Es scheint alles genauestens durchorganisiert zu sein, denn Rachel, die ständig angefunkt wird, schaut beim Reden andauernd auf die Uhr. »Bin bald wieder da, macht es euch gemütlich. Ach, und bedient euch!«, sagt sie im Weggehen und deutet auf den Tisch, auf dem ein Teller mit Schokokeksen und eine Thermoskanne mit Tee stehen. Daneben sind Flaschen mit Limo, Apfelsaft und Wasser aneinandergereiht. »Zur Stärkung!« Batmans Geliebte zwinkert uns noch schnell zu, und eine Sekunde später ist sie verschwunden.

Finn und ich sehen uns an. Wir verhalten uns wie ein verlassenes, frierendes Welpengeschwisterpärchen, das nichts von der großen weiten Welt da draußen weiß und bangend und einsam in einem Korb auf sein Schicksal wartet.

»Na gut«, sage ich, um aus dieser aussichtslosen Situation herauszukommen. »Dann wollen wir mal …« Ich drehe mich einmal um meine eigene Achse. Was eigentlich?, frage ich mich selbst. Ich habe keinen Nerv, meine Zeichensachen auszupacken und zu kritzeln. Ich will auch nicht meditieren oder so. Was soll ich sagen? Mein Kopf ist leer. Mein Kopf ist leer. Mein Kopf ist gaaanz leer?

»Irgendwo müssten doch die anderen Teilnehmer des

Wettbewerbs sein?«, fragt Finn. Er ist offensichtlich ebenso aufgewühlt wie ich. Wir stehen beide an der Tür und schauen vorsichtig den leeren Gang hinunter. Jedenfalls scheint es nicht so, als ob hier in der Nähe irgendwer ist. Aus den Zimmern, die vom Flur abgehen, kommt nichts, kein Ton, kein Lebenszeichen, einfach **nichts**. Das ist so unheimlich, dass wir uns nicht mal trauen, einen Schritt in den krankenhausweißen Gang zu machen. Außerdem, wer weiß, wann Rachel wiederkommt?

»Ich bin so froh, dass du bei mir bist!«, sage ich zu meiner eigenen Überraschung.

Finn tut zunächst nichts. Dann dreht er sich langsam zu mir um und nimmt mich in den Arm. Er riecht so gut, dass ich mich nie mehr wieder aus seiner Umarmung lösen möchte. Am liebsten würde ich genau so, wie wir jetzt stehen, auf und davon schweben, bis hinein in die Ewigkeit. Nie im Leben hätte ich mir erträumt, jemals in Finns Armen zu liegen. Ich ertappe mich dabei, wie ich über sein T-Shirt streiche. Auf einmal bewegen sich meine Finger auf seinem Rücken hin und her und gehen auf Knubbelsuche.

»Mia!«, flüstert Finn, und ich erschrecke. Meine Hände erstarren in der Bewegung. Hoffentlich hat er nichts bemerkt. Finn sieht mich lächelnd an. Sonst sagt er nichts, aber seine Augen beteuern mir, dass auch er froh ist, mich bei sich zu haben.

Begleitet von aufgeregten Stimmen und mit tosenden Schritten marschiert plötzlich eine Truppe durch unsere Tür. Vorneweg Rachel. Sie scheint alle Teilnehmer nacheinander eingesammelt zu haben. Wir waren wohl die Letzten.

»Hier sind die anderen Teilnehmer aus eurer Alterskategorie!«, sagt Frau Batman. Und anschließend stellt sie uns gegenseitig mit Namen vor.

Wir sagen »Hallo!« und »Hi!«, doch ich bin mir sicher: Alle wissen, dass keiner von uns sich einen der Namen merken wird. Alle sind total aufgeregt, denn gleich geht es los. Ich fühle mich gerade so hilflos wie Mister No. Es ist, als hätte ich in der letzten Folge meine momentane Lage vorausgeahnt. Allerdings hat Mister No im Gegensatz zu mir einen Glücksstein zur Hand. Den hätte ich jetzt auch gern.

»Da oben findest du sie, aber sei vorsichtig.« Mister No folgt einer krächzigen Stimme. Die Kreatur, zu der sie gehört, achtet peinlichst genau darauf, dass der Superheld sie nicht zu Gesicht bekommt.

»Zeig dich mir endlich, wie kann ich dir sonst vertrauen?«, fragt der Superheld und sinnt alten Tagen nach. Wie schön war es, als er nicht auf die Hilfe anderer angewiesen war! Wird er sich je wieder auf seine Fähigkeiten verlassen können?

»Vertraue deinem Stein, wenn du mir nicht glaubst«, zischelt das Wesen.

Mister No erschrickt und greift in seine Hosentasche. Woher weiß dieser heisere Schatten von seinem Jadarit, der nun funkelt und blitzt? Sein Strahlen geht durch alles hindurch.

18

BLITZLICHTGEWITTER. IMMER WIEDER muss ich meine Augen zukneifen. Auf einer riesigen Bühne sitzen alle Teilnehmer der beiden Alterskategorien wie Promis auf einer Pressekonferenz oder wie Hühner auf der Stange. Wie man's nimmt. Im Augenblick bin ich der Meinung, dass beides sich ziemlich gleich anfühlen muss. Der jüngste Teilnehmer ist ein zehnjähriger Junge aus München, die älteste Comickünstlerin eine sechsundfünfzigjährige Buchhalterin aus Frankfurt. Sie strahlt ins Publikum. Der Junge schaut nirgendwohin. Ich glaube, er spielt unter dem Tisch mit seinem Handy.

Finn sitzt zum Glück neben mir, und wir halten unter dem Tisch unsere Hände ganz fest. Noch heute Morgen hätte ich es nicht für möglich gehalten, jemals mit Finn Händchen zu halten. Ich bin so glücklich und versuche, mich zusammenzureißen. Ich habe eben unsere Leute im Publikum entdeckt. Kayra, Heidrun, Burhan und Stefan sitzen in der dritten Reihe. Zum Glück kann ich von meinem Platz aus Blickkontakt zu ihnen halten und auf diese Weise Mut tanken. Damit Finn das auch tun kann, deute ich unauffällig hinüber und zeige ihm, wo sie sitzen.

»Hab ich schon gesehen«, flüstert Finn.

Ich frage mich, warum Finn dann nicht zu unseren Begleitern guckt. Als ich erneut zu ihnen rüberblicke, weiß ich allerdings, warum. Kayra hat sich inzwischen hingestellt und winkt wie wild zu uns rüber. Stefan steht neben ihr. Er macht Fotos von uns. Peinlich.

Alle warten, bis die Jury so weit ist. Die Teilnehmer auf der Bühne und sämtliche Menschen im Publikum sind gespannt. Der Moderator, der mir sehr bekannt vorkommt, hat gerade irgendetwas gesagt. Ist er nicht ein Nachrichtensprecher aus dem Fernsehen? Ich bin mir nicht sicher. **Bumm. Bumm. Bumm.** Vermutlich hat er die Trommler-Gruppe angekündigt. Eine Handvoll Leute in den orangen Uniformen der Organisatoren tritt auf. Lois Lane und Hulk sind ebenfalls darunter. Sie alle haben die unterschiedlichsten Trommeln dabei. Große, kleine, lange, dünne. Und sie hauen wie wild darauf ein und lassen es mächtig krachen. Offensichtlich wollen sie das Warten angenehmer für uns machen. Dabei kracht es sowieso schon in meinem Herzen. **Bumm. Bumm. Bumm.**

Bevor die Trommler-Truppe aufgetreten ist, haben wichtige Leute, ich glaube, der eine war sogar der Bürgermeister persönlich, lange Reden gehalten, die ich kaum verstanden habe. Was hat das alles mit Comics zu tun?, habe ich mich gefragt. Besonders, als ein Professor den Zuschauern irgendwelche Fachbegriffe um die Ohren geschleudert hat: Onomatopoesie, Interjektion, Erikativ, Panel, Splash-Panel, Opening- und Interior-Splash und so weiter. Ich wusste nur eins: nämlich, dass ich gar nicht wusste, was das alles zu bedeuten hat. Derartiges Insiderwissen habe ich zum Zeichnen von *Mister No* noch nie gebraucht. Trotzdem war ich ziemlich beeindruckt. In meinem Regal steht nicht **ein** Buch, das Comics erklärt. Hätte ich mehr über die Theorie von Cartoons lesen müssen statt nur die Geschichten selbst? Vielleicht hätte ich dann viel bessere Hefte gemacht? Irgendwie plagen mich seit dem Auftritt dieses Wissenschaftlers neben meiner Aufregung auch noch diese Zweifel. Sie haben sich in meinem Magen wie fiese kleine Professoren festgebissen und nagen an mir herum. Doch auf einmal passiert etwas. Ich denke, dass meine Comics auf jeden Fall gut sein müssen, sonst würde ich schließlich nicht hier sitzen. Außerdem mag ich meine *Mister No*-Serie, egal wie der Wettbewerb ausgeht. Als diese Gedanken meine Zweifel wegwischen, staune ich über mich selbst und lächele vor mich hin.

Eben, als wir unter Beobachtung zeichnen mussten, war es aber total schlimm. Meine Hände haben so geschwitzt, dass ständig der Stift zwischen meinen Fingern hin und her gerutscht ist. Eine Frau, eine aus der Jury, hat mir ein Taschentuch gebracht. Danach habe ich mich an die Situation gewöhnt, glaube ich, jedenfalls ging es dann besser. Trotzdem war es irgendwie anders als sonst.

Und das war die Aufgabe: Wir sollten mit unserer eigenen Comicfigur eine vorgegebene Szene zeichnen. Auf dem Zettel stand: »Zeichne, wie deine selbst kreierte Heldenfigur einsatzbereit im Flug auf ein brennendes Inferno sieht. Achte dabei auf Bewegung, Haltung und Mimik.«

Eigentlich eine leichte Aufgabe, weil so was ja perfekt

zu Mister No passt. Wir hatten neunzig Minuten Zeit dafür. Aber egal, wie sehr ich es versucht habe, Mister No sah immer anders aus als üblich. Dabei habe ich ihn ja schon tausend Mal gezeichnet, in fast jeder denkbaren Situation. Mein Mister No hatte sich plötzlich verändert. Ich weiß nicht, woran das lag, möglicherweise an der ungewohnten Situation?

Kawumm. Mit einem Donner beenden die Trommler nun ihren Auftritt. **Applaus.** Ich gucke Finn an. Er drückt meine Hand und lächelt mir aufmunternd zu. Dabei sehe ich ihm an, dass ihm gar nicht nach Lächeln zumute ist.

Die Jury betritt die Bühne. Es ist, als bebe der Boden unter unseren Füßen. Ganz klar! Sie löst bei uns allen Ehrfurcht aus. Als hätten sie es abgesprochen, vielleicht haben sie es ja auch, tragen sie alle Schwarz und sehen bitterernst aus. Wir haben sie zwar bereits in der Zeichenrunde kennengelernt, doch jetzt werden sie von dem elegant gekleideten Moderator noch einmal mit Namen und Beruf vorgestellt. Das sind alles ganz wichtige Leute, und sie haben bestimmt bergeweise Bücher **über** Comics gelesen. Sie kommen mir vor wie Hellseher. Bestimmt entdecken sie Dinge in den Geschichten und Zeichnungen, die andere nicht sofort bemerken. Jedenfalls stelle ich mir das so vor.

Da ist diese Frau, die mir das Taschentuch gegeben hat. Sie sah vorhin eigentlich ganz nett aus, im Moment hingegen guckt sie so kalt. Der Moderator erzählt, sie sei Verlagsleiterin und die Herausgeberin einer Cartoon-Zeitschrift. Dann gibt es noch einen Comicreporter, einen Produzenten von Comicfilmen, einen berühmten Zeichner und diesen Professor für internationale Comicstudien an einer New Yorker Universität. OMG!

Drrrrrrrrrr. Trommelwirbel. **Bouuum.** Paukenschlag.

»Sehr verehrte Damen und Herren, liebe Gäste. Am heutigen Tag treffen das Nonplusultra der Comicszene und Comicliebhaber aus ganz Deutschland zusammen, um den mehr als vielversprechenden Nachwuchs zu küren.«

Applaus.

Der Moderator lacht, hebt beide Hände und drückt sie ein paarmal gegen eine unsichtbare Wand, um das Publikum, das gerade ausflippt, zu besänftigen. »Ähäm.« Er räuspert sich und rückt seine Krawatte zurecht. »Unsere hochkarätige Jury hat eine Wahl getroffen, und sie hat sich – so wurde mir versichert – nicht leichtgetan.«

Applaus. Aufblitzende Lichter.

»Bitte, bitte … Ich möchte an dieser Stelle, besonders für unsere Teilnehmer der jüngeren Alterskategorie, betonen, dass sie alle, wie sie da sitzen, bereits gewonnen haben.« Der geschniegelte Moderator zeigt auf Finn und mich und die übrigen Kinder und Jugendlichen.

Für andere unsichtbar, reden Finns und meine Hände miteinander. Inzwischen haben wir eine komplexe Sprache entwickelt, die sich über verschiedene Druckstufen äußert.

»Du schaffst das!«, sagt Finn.

»Ich glaube an dich!«, sage ich.

Wir lächeln uns an und wenden uns dann wieder dem Mann auf der Bühne zu.

»In der Kategorie ›Bis siebzehn Jahre‹ ragten ihre Werke aus …«, der Moderator muss auf seine Spickzettelkarteikarten schauen, »... aus eintausendfünfhundertachtundsiebzig Einsendungen heraus!«

Tosender Applaus.

Endlich soll der dritte Platz in unserer Alterskategorie angekündigt werden. Zum Glück sind wir zuerst dran. Ich hätte es nicht ausgehalten, erst einmal die Platzverteilung der Erwachsenen abzuwarten. Einer aus der Jury, es ist der Comicreporter, soll jetzt das Mikrofon übernehmen. Der lange, dürre Mann, dem man irgendwie ansieht, dass er nie zuvor in seinem Leben einen Anzug anhatte, geht zum Rednerpult. Er trinkt einen Schluck Wasser und klopft aufs Mikro. **Tock. Tock. Tock.** Nun streicht er sich über seine wild zerzausten Haare und beginnt mit seiner Rede.

Ich strenge mich wirklich an, doch ich höre kein Wort über uns Comiczeichner. Er erzählt nur von sich, von seinen Erfahrungen, seinem Wissen ... **Bla. Bla.** Ich muss zu Kayra hinübersehen, die meinen Blick gar nicht bemerkt. Heidrun aber schon. Sie grüßt mich, indem sie beide Daumen ganz weit hochhält.

»Dabei erweist unser junger Künstler sich als ein Artist ...«, sagt der Reporter, und bei diesen Worten tauche ich plötzlich wieder auf, »... als einer, der mit den Elementen Wort und Bild jongliert und eine Geschichte zwischen den Zeilen erzählt.«

Ich schicke Finn mit meinen Fingern eine eindeutige Botschaft. Der Reporter spricht von einem **Er**. O M G! Finn ist allerdings gar nicht mehr ansprechbar. Er hat sich mit der anderen Hand schon Hunderte Knoten in die Haare gedreht.

»Dem Zauber seiner Illustrationen kann man sich nur schwerlich entziehen«, sagt der lange Mann im glatt gebügelten Anzug. »Daher laden wir Sie alle dazu ein – nein, wir fordern Sie auf –, sich nachher bei der Ausstellung von der Kunst von **Finn Vogel** unbedingt selbst zu überzeugen. Herzlichen Glückwunsch zum dritten Platz! Finn Vogel, meine Damen und Herren!«

Stürmischer Applaus.

Ich falle fast in Ohnmacht. Finn soll auf die Bühne gehen. Mein Finn hat den dritten Platz bekommen. Er steht auf wie in Trance. Und dann sieht die ganze Welt, na ja, jedenfalls das gesamte Publikum, dass wir fest miteinander verbunden sind. Ich muss nämlich meine Hand aus seiner ziehen, sonst kann er nicht weg.

Finn macht eine gute Figur auf der Bühne. Er lächelt und nimmt seinen Preis entgegen: den fliegenden Scherenschnitthelden, der auch auf den orangen T-Shirts der Wettbewerbsorganisatoren abgebildet ist, als Figur in Bronze. Als der Moderator ihm das Mikro vor die Nase hält, taucht Finns Hand automatisch in seine inzwischen schon ziemlich strubbelige Mähne.

»Danke!«, sagt er leise. »Vielen Dank!«

Die Presse ist nach vorne an den Bühnenrand gestürmt und knipst tausend Nahaufnahmen von meinem Finn. Aber er läuft zu mir, und wir fallen uns in Begleitung eines rhythmischen Applauses in die Arme.

Erst hier, an unserem Tisch, scheint Finn zu erwachen. Er lacht und winkt dem Publikum zu. Stefan steht, Heidrun steht, Kayra und Burhan auch. Juhu!

19

MISTER NO'S HANDSCHMEICHLER strahlt schon, seit er sich mit dem unsichtbaren Zwerg auf den Weg durch den dunklen Wald begeben hat. HUUUUU-HUUU! Mondlose Nacht, heulende Eulen. Welches Ende wird dieser Tag nehmen?

»Ich zeige dir, wo Eleonora ist!«

Vielleicht sollte er sich auf die Stimme der Kreatur verlassen? Als sie aufgetaucht ist, glühte der Jadarit auf und leuchtet seitdem durchgängig. HOT. »Gut, ich vertraue dir. Was muss ich tun? HALLO? HEY? Wo bist du? Wer bist du?« Eisige Kälte durchzieht den mächtigen Körper von Mister No. Wurde er schon wieder verlassen? BRRR. Selbst ein Riese kann durch Einsamkeit erschüttert werden.

VERTRAUEN IST DER SCHLÜSSEL ZUM ERFOLG UND ZUR LIEBE. Seine drei großen Herzen wiederholen nur noch diesen Satz.

TOO HOT. Der Jadarit wird rot, brennt lichterloh, ohne dass er dem Superhero ein einziges Haar ansengt. Die Hitze erfasst seine Glieder. ROOOOAR. Mister No's Fähigkeiten erwachen zum Leben. Wohltuende

Wärme, gepaart mit Kraft. Jetzt wird es ihm klar: Der Jadarit hat magische Kräfte, und er leuchtet ihm den Weg. Da oben in den schwarzen Turm muss er klettern. Dort wird er sie finden, so, wie es der inzwischen verschwundene Schatten geweissagt hat.

Ich muss an Mister No's Handschmeichler denken. Ein passenderes Wort kann es dafür nicht geben. Finns Hand schmeichelt mir. Zehn Finger treffen sich wieder unter dem Tisch. Seine Berührung wandert direkt in mein Herz. Finn und ich strahlen noch immer. Finn kann es, glaube ich, überhaupt nicht fassen. Seine bronzene Trophäe blitzt und funkelt und sieht einfach nur mega-edel aus. **Quieeeetsch. Aua.** Alle halten sich die Ohren zu oder schreien auf. Die Frau, die mir das Taschentuch gereicht hatte, ist an der Reihe und soll den zweiten Platz verkünden. Als sie am Pult steht, quietscht das Mikro. Damit richtet sie unbeabsichtigt alle Aufmerksamkeit auf sich. Die Verlagsleiterin ist jung und hat pechschwarze Haare, die im Scheinwerferlicht blau wirken. Zum Glück guckt sie jetzt auch wieder nett und fröhlich.

Es fällt mir schwer, mich auf ihre Worte zu konzentrieren. Diese Aufregung, die Freude über Finns Preis … Solange ich vor Glück grinse, kann ich nicht richtig aufpassen. Also versuche ich, meine Muskeln rund um den Mund langsam zu entspannen. So klappt es auch wieder mit dem Zuhören.

»Die plastischen Schwarz-Weiß-Zeichnungen unserer dreizehnjährigen Künstlerin scheinen ihr geradewegs aus dem Bleistift zu fließen«, sagt die Frau.

Das Blut schießt mir in den Kopf, stößt am Scheitel an und verzieht sich dann in Sekundenschnelle bis hinunter in die Zehen. Ich denke natürlich, dass ich gemeint bin. Aber als ich ein anderes Mädchen jubeln höre, bin ich platt. Sie sitzt fünf Plätze weiter entfernt und ist offensichtlich ebenfalls dreizehn.

»Als Meisterin von Gestik und Mimik schafft sie es, das Innenleben des tragikomischen Superhelden – was hier keinesfalls ein Paradoxon ist – sichtbar zu machen. Sie bedient sich äußerst geschickt der Elemente aus Literatur und Film und lässt so manch ein Comicfan-Herz höherschlagen, wenn hier und da Anspielungen auf altbekannte Helden auftauchen«, sagt die blauhaarige Frau.

Hä? Warum nennt sie keinen Namen? Wie gemein ist das denn? Ich strenge mich an, lausche ganz angespannt. Finn zwirbelt wieder heftig seine Haare und zieht angestrengt die Augenbrauen zusammen.

»Sie summiert die Fähigkeiten verschiedenster Helden und lässt sie geschickt zum Charakterelement ihres unbeholfenen Protagonisten werden. Die Klischees, derer sie sich bedient, mutieren – um in der Terminologie des Genres zu bleiben – zu beeindruckender Kunst. Die zahlreichen Details im Hintergrund ergänzen die Geschichte und führen sie auf einer anderen Ebene fort. Sie rücken die phantastischen Erzählungen in ein reales Licht, ohne das vordergründige Geschehen in den Schatten zu stellen.«

Boah! Mein Kopf platzt gleich. Was soll das heißen? Ich wedele mir Luft zu. Ich verstehe nicht, wovon die

Verlagsleiterin spricht. Warum sagt sie nicht endlich, wen sie meint?

Das Mädchen ein paar Plätze weiter lacht bis über beide Ohren und feiert sich schon selbst. Der ältere Junge, der neben ihr sitzt und mit dem sie sich offensichtlich angefreundet hat, klopft ihr anerkennend auf die Schulter und flüstert ihr etwas zu.

»Ihre Zeichnungen zeugen nicht nur von handwerklichem Können, ihre Geschichten sind auch humorvoll, inhaltlich ausdrucksstark. Wir danken dieser Autorin und Zeichnerin – und sie ist beides gleichermaßen meisterhaft – für diese besonders schönen drei Comicgeschichten um den einzigartigen Superhelden.« Dann stoppt die Verlagsleiterin auf einmal ihre Rede und sieht traurig in die Runde. »Tatsächlich hätte eine solch außerordentliche Künstlerin den ersten Platz verdient. Leider hat unsere Teilnehmerin in der heutigen Endrunde allerdings nicht ihren Mister No gezeichnet, sondern einen neuen – ebenfalls ausgezeichneten – Helden erfunden. Wir nehmen an, dass dies der Aufregung der jungen Schülerin geschuldet ist, die die Aufgabenstellung in der Eile nicht vollständig erfasst hat. Danke Mia M. Mara Kahraman, dass du deine Kunst mit uns geteilt hast!«

ICH? Sie hat mich gemeint? Bilde ich es mir ein, oder …? Doch, doch. Sie hat wirklich meinen Namen gesagt? Ich sehe zu Finn. Er lässt meine Hand los, umarmt mich und küsst mich auf die Lippen. **Unser erster Kuss.** Ich gewinne gerade doppelt.

Finn tritt einen Schritt zurück und applaudiert mir. Sein

Klatschen geht im großen Applaus unter, der mich auf die Bühne begleitet.

Standing Ovations.

Vertrauen ist der Schlüssel zum Erfolg und zur Liebe.

20

»**MIA, MEIN MÄDCHEN!** Herzlichen Glückwunsch! Ich freue mich so für dich!«, sagt Eva.

Da schnappt sich Adem den Hörer: »Happy birthday to you! Happy bir… aua!« Mein Vater verstummt. Vermutlich hat Eva ihn angestupst. In seiner Euphorie verwechselt Adem die Dinge manchmal. Meine Mutter muss ihn dann immer ermahnen. So wie jetzt, denn ich habe ja gar nicht Geburtstag.

Und nun singen meine Eltern gemeinsam: »Hoch sollst du leben, hoch sollst du leben!« Sie sind völlig aus dem Häuschen und merken nicht mal, dass das ja auch ein Geburtstagslied ist. Sie jubeln und sagen, wie stolz sie auf mich sind und wie sehr sie mich lieben.

»Pfefferscharf!« Burhan schüttelt ständig den Kopf. »Ihr habt **beide** gewonnen! Es war ja schon unglaublich, dass ihr beide in die Endauswahl gekommen seid, aber das hier ist noch viel unglaublicherer!«

»Das sagt man nicht!«, wirft Kayra ein, die sich bei mir eingehakt hat und mich nicht mehr loslassen will.

»Doch!«, sagt Burhan. »Natürlich ist das pfefferscharf!«

»Ich meine, ›unglaublicherer‹ sagt man nicht, du Trottel!«

Heidrun lacht. »Ich finde, ›unglaublicher‹ ist unglaublich genug! Leute, wir gehen jetzt feiern!«

Stefan hat geweint, als Finn ihm nach der Preisverleihung, die gefühlte Stunden gedauert hat, entgegengekommen ist. Auch in diesem Moment, als wir durch die Ausstellung laufen, wischt er sich immer wieder über die Augen. Heidrun streichelt ihm zärtlich den Arm, sieht ihm tief in die Augen und gibt ihm ein Taschentuch. Oh là là. Habe ich da etwas verpasst?

Leider kann ich nicht die ganze Zeit über bei Finn sein, weil ständig fremde Leute auf uns zukommen, die uns gratulieren und uns etwas fragen. Ich muss in der Nähe meiner Zeichnungen bleiben, die in den edlen Rahmen an den weißen Wänden megamäßig zur Geltung kommen.

Heidrun, Stefan, Kayra und Burhan gehen mal zu mir und mal zu Finn. Sie lassen uns nicht allein, wenn die Presse kommt und ein Interview und natürlich Fotos machen will. Burhan schmuggelt sich auf alle Aufnahmen. Sowohl bei mir als auch bei Finn. Egal wie, selbst wenn er nur einen Finger ins Bild halten kann, nutzt er seine Chance.

Sogar Heidrun als meine Klassenlehrerin und – wie sagt sie neuerdings? – Mentorin wird interviewt. Gerade erzählt sie einem Zeitungsmenschen, meine Serie sei bereits über neunzig Folgen stark und ich habe in der Schule eine große Fangemeinde.

OMG. Kaum zu glauben: Ich hätte mich beinahe nicht angemeldet und hätte all das, was gerade geschieht, nicht erlebt. Ich kann mein Glück gar nicht fassen und bin so froh, dass ich letztendlich doch noch auf Heidrun und Kayra gehört habe.

Der Kollege des Journalisten will Fotos von mir machen. Ich soll mich vor das aktuelle Bild von Mister No stellen, das ich eben gezeichnet habe und das inzwischen schon eingerahmt auf uns niederblickt.

»Und wer bist du?«, fragt er Kayra, die an meinem Arm klebt und ununterbrochen grinst.

»Meine beste Freundin und mein größter Fan! Sie darf die neuen *Mister No*-Folgen immer als Erste lesen«, sage ich.

»Na, dann stell dich dazu.« Der Fotograf will gerade loslegen, da saust Burhan auf uns zu.

»Und ich bin der Bruder vom größten Fan!«, wirft er schnell ein.

Der Mann winkt ihn etwas genervt heran, und so kann Burhan in letzter Sekunde mit aufs Bild. **Klick. Klick. Klick.** Der Fotograf hält uns eine riesige Kamera mit einem noch riesigeren Objektiv vors Gesicht und knipst damit mindestens hundert Mal pausenlos hintereinander.

Als der Fotojournalist unsere Namen notiert hat und sich dem ersten Platz widmet, den ein älterer Junge bekommen hat, guckt Kayra zum ersten Mal hoch zu dem Bild, das ich für die Endausscheidung gezeichnet habe. »Hey, der sieht ja so aus wie Finn!«, sagt sie.

»Was?«

»Schau doch mal!«

»Ey, das stimmt! Total krass!« Burhan schüttelt den Kopf. »Wenn das nicht Liebe ist!«

Wie der Blick aus einer gewissen Distanz alles verändern kann! Mir fehlen die Worte. Ich bin einfach nur baff. Wieso ist mir das gar nicht aufgefallen?

Als sich der Trubel endlich dem Ende zuneigt und die meisten Leute gegangen sind, kommt die blauhaarige Verlagsleiterin zu uns. Ich erkenne sie nur an den Haaren wieder. In der Jeans und der bunten Bluse sieht sie viel hübscher, etwas jünger und total liebenswürdig aus.

»Mia Mara, hast du kurz Zeit für mich?«

Ich verschlucke mich fast. Was kann sie von mir wollen?

»Du hast ja sicher gemerkt, wie begeistert ich von deinem Können und deinem *Mister No* bin. Deswegen wollte ich unbedingt die Laudatio für dich halten.«

»Danke«, sage ich verschämt und versuche zu lächeln.

»Nun, es war sehr schade, dass du heute nicht Mister No gezeichnet hast. Leider müssen wir uns an die Vorgaben halten, sonst hättest du den ersten Platz bekommen, da bin ich mir sicher!«

»Das … das ist nett.« Meine Stimme kommt nur leise heraus.

»Das sind wirklich sehr nette Worte!« Heidrun springt ein und stellt sich vor. Es tut mir gut, dass sie an meiner Seite ist und das Gespräch übernimmt.

»Gilbert. Hanne Gilbert, angenehm«, sagt die Verlagsleiterin zu Heidrun gewandt.

Dann sieht sie wieder zu mir. »Super, dass deine Lehrerin jetzt bei uns ist. Ich wollte dir nämlich ein Angebot machen.«

Finn ist gerade aufgetaucht, legt mir die Hände auf die

Schultern und stützt mich von hinten. Kayra, Burhan und Stefan stehen ebenfalls um uns herum, und ich glaube, wir sechs haben den gleichen neugierigen Gesichtsausdruck.

»Wie du vielleicht mitbekommen hast, gebe ich eine Cartoon-Zeitschrift heraus. Und ich wollte dich fragen, wie du es fändest, wenn wir deine *Mister No*-Serie darin veröffentlichen. Ich meine, nur wenn du willst.«

Ich öffne den Mund und sehe zu Heidrun, dann in die Runde. Kayra führt ungläubig die Hände vor den Mund, und Finn umarmt mich von hinten ganz fest.

»Hammer!«, ruft Burhan.

Stefan lächelt gerührt.

Frau Gilbert sieht mich liebevoll an. »Du musst dich nicht sofort entscheiden. Ich gebe dir und Frau Tremer eine Karte. Ruf mich an, und bei Interesse an dem Angebot rede ich mit deinen Eltern.«

»Danke«, sage ich, als ich die Visitenkarte entgegennehme. Ich fühle, wie meine Wangen glühen.

»So, und nun will ich euch nicht länger aufhalten!« Diese wunderbare blaue Frau schüttelt uns allen die Hände und geht.

Eins. Zwei. Drei … Als hätten wir es abgesprochen, warten wir alle, bis Frau Gilbert das Gebäude durch die Drehtür verlassen hat. Und wie auf Kommando: **Jubel!** Alle johlen und jauchzen, und Kayra kreischt. Unsere beiden Heldentrophäen werden von Hand zu Hand gereicht. Finn hebt mich in die Luft und wirbelt mich herum. Dann schenkt er mir einen zweiten Kuss.

21

DANK DER MAGIE, die aus dem Jadarit strömt, ist Mister No wieder völlig der Alte. KLIRR. Silberne Haken blitzen aus seinen Handrücken hervor, flink wie ein Tiger erklimmt er die steile, morsche Turmwand. JAHUU. Es funktioniert wieder. Viel besser als je zuvor. Als wäre er in einen Jungbrunnen gesprungen. Ein Adonis ist in dem alten Helden erwacht. Der macht sich zwar nicht äußerlich bemerkbar, doch das ist okay. Hauptsache, er kann seine Señora retten. Welch einen Schatz hat er da ahnungslos über Jahre in seiner Hosentasche aufbewahrt? Weit mehr als eine Erinnerung an seine gütige Mutter, weit mehr als einen Glücksbringer, wie er immer angenommen hatte. DER ZAUBER. Ist es der Glaube an sich, das Vertrauen in seine Gaben?

WOSH. Oben angekommen, schießen Spinnenfäden aus seinen Händen und Füßen heraus, geben Mister No einen festen Halt. RÖNTGENBLICK. Rot glühend schielende Augen unter dämonischen Augenbrauen durchsuchen das Innenleben der oberen Gemächer die-

ses dunklen Turmes. Er kann Eleonora nicht erkennen. Aber da ist eine weibliche Person.

Mister No klettert auf die andere Seite des Turmes und springt durch ein offenes Fenster. Nur noch diese eine Hürde muss er nehmen. Hat er seine Liebe gefunden, sein vollkommenes Glück?

Burhan reicht mir *Mister No und seine neue Flamme*. Auf der Rückfahrt wollte er unbedingt die Siegercomics lesen, die ich für den Wettbewerb eingereicht hatte. Dazu hatte er bislang keine Zeit. »**Megacool!**«, sagt er, und ich muss lächeln. Ich sehe sofort zu Finn, der mir durch die Haare strubbelt.

Ja, wir fahren zurück, und ich habe zwei Auszeichnungen im Gepäck, den Silberhero und Frau Gilberts Karte. Doch in meinem Herzen trage ich einen dritten Preis nach Hause: Finn ist jetzt mein Freund. Wir sind ein Paar und gehören zu den besten Nachwuchs-Comiczeichnern von ganz Deutschland. Nun weiß ich ganz sicher, wie gut meine Zeichnungen sind. Und das kann mir niemand mehr nehmen. Was kann ich mir mehr wünschen? Okay, im Augenblick wünschen wir uns alle, dass Heidrun die Entspannungsmusik ausschaltet oder zumindest leiser dreht. Aber sonst ist alles **fast** so, wie die CD heißt, die uns gerade berieselt: **Nirwana!**

Es gibt nur noch eine einzige Sache, die meine Freude trübt. Es fröstelt mich richtig, wenn ich daran denke, dass Finn mich mit der Zeit immer besser kennenlernen wird. Werde ich stark genug sein, meine Marotten zu unterdrücken? Und was passiert, wenn ich es nicht schaffe? Ich kann sie schließlich nicht ewig vor ihm verheimlichen. Wird Finn nach wie vor verliebt in mich sein, wenn er weiß, welche Spleene ich habe?

Heidrun redet die ganze Zeit von Stefan. Eigentlich schwärmt sie regelrecht von ihm. Sie haben gestern den ganzen Abend zusammen getanzt, als wir nach dem Essen in einem indischen Restaurant wieder in Stefans Kissenburg waren. Finn ist sich sicher: Wir werden seinen Vater alle bald wiedersehen. Aber noch etwas anderes beschäftigt meine Mentorin. *Mister No* und die Lizenzrechte, das Copyright, die Honorarverhandlungen … »Den Vertrag müssen deine Eltern unbedingt von einem Anwalt prüfen lassen. Dein *Mister No* ist Gold wert.«

Ich bedanke mich bei Heidrun für das Kompliment und ihren Tipp, und gleichzeitig habe ich irgendwie ein bisschen ein schlechtes Gewissen. Alle reden über mich, dabei hat Finn den dritten Platz erreicht und ist ebenfalls einer der besten Comiczeichner.

Heidrun scheint manchmal Gedanken, oder sagen wir Gefühle, lesen zu können. Vielleicht liegt es an der vielen Meditation? Jedenfalls wendet sie sich direkt danach an meinen Freund. »Finn, du hättest bestimmt genauso ein Angebot bekommen, wenn du auch eine fertige Serie hättest vorweisen können.«

»Ja, schon möglich«, sagt der bestaussehende Junge auf der Welt und sieht dabei – oder bilde ich mir das nur ein? – etwas geknickt aus.

»Hey, wieso macht ihr nicht zusammen einen Comic?«, fragt Burhan plötzlich.

»Genau, einen ganz neuen, gemeinsamen, in dem Finn der Held ist. Entworfen hast du ihn ja schon!« Kayra ist begeistert.

»Und Finn zeichnet Mara als seine Catwoman, oder wie?« Heidrun lacht. Ihr scheint die Idee zu gefallen.

Ich sehe Finn an. Er leuchtet mich mit seinem himmelblauen Strahlen an, und wir machen High Five in der Luft. Chaka!

Wir kommen zwar spät zu Hause an, aber meine Eltern laden alle zum Crêpe-Essen ein. Noch einmal wird gefeiert. **Überraschungsparty!** Adem und Eva haben für die richtige Stimmung gesorgt. Sie haben das Haus geschmückt, haben Oma Frieda und Onkel Erwin samt dem Rest der Familie eingeladen und obendrein ein paar Freunde und Bekannte, die nach uns eintreffen. Es gibt eine Megasahnetorte für mich und Finn, und wir bekommen beide einen riesigen, superedlen und echt professionellen Grafitstiftkasten mit zwanzig Härtegraden. Heidrun kriegt einen enormen Blumenstrauß, Kayra und Burhan je fünf Kinogutscheine.

Irgendwann, als alle nicht mehr damit beschäftigt sind, Finn und mich zu feiern, schleichen wir uns in mein Zimmer. Ich lege meinen neuen Stiftkasten samt Geschenkpapier und Geschenkband auf den Zeichenblock und falle meinem Freund in die Arme.

»Was machst du morgen?«, fragt Finn mich.

»Erst mal ausschlafen und dann …« Ich zucke mit den Achseln.

Finn legt seinen Kopf zur Seite. »Dann mit mir treffen?«

Ich lasse meine Augen antworten, die sofort Ja schreien.

»Fiiihiiinnn«, ruft Heidrun draußen vor der Tür. Sie muss los und will ihn, Kayra und Burhan nach Hause fahren.

»Na gut. Meine Mutter wartet sicher sehnsüchtig und will natürlich jedes Detail wissen ...«

Ich nicke. »Finn?«

»Ja?«

»Kann ich ein T-Shirt von dir haben?«

»Hä? Wieso? Ist eure Waschmaschine kaputt?« Er zwinkert mir zu.

»Ich würde dich gern bei mir haben, nachts und, ähm ... auch sonst, wenn du nicht da bist.«

Finn grinst. »Okay. Ich bringe dir morgen eins mit.«

»Nein, ein getragenes bitte«, wende ich ein.

»Soll ich jetzt nackt hier rausgehen, oder wie? Was werden deine Eltern sagen?«

Ich boxe Finn aus Spaß in den Bauch. »Nein, aber du ... du hast doch deine Tasche unten im Auto von Heidrun.«

An der Tür drehe ich mich kurz um. Mein Schreibtisch sieht ziemlich wild aus – für meine Verhältnisse. Ich muss zugeben, dass ich kurz, ganz kurz, zurückgehen will, um zu prüfen, ob sämtliche Stifte in der richtigen Reihenfolge liegen, schön nach Härtegraden sortiert. Dann will ich die Stifte durchzählen, laut »Sechzehn« und »Zwanzig« sagen und den alten Kasten so auf dem Tisch zurechtrücken, dass die rechte Seite meines Zeichenblocks und die untere Seite des Kastens einen rechten Winkel bilden. Und den neuen

Kasten … Ich weiß noch nicht, wo der hinsoll … Doch … **ich lasse es.**

Bis wir unten ankommen, wundere ich mich über mich selbst. Es macht mir fast gar nichts aus, dass mein Schreibtisch so durcheinander ist. Irgendwie ist das ein tolles Gefühl. Nur ganz schön ungewohnt und fremd. Unten stehen Heidrun, Kayra, Burhan und meine Familie schon am Auto. Auch wenn wir uns am Montag wiedersehen werden, ist der Abschied irgendwie **groß**.

»Danke für alles, Heidrun!« Diesen Satz wiederhole ich noch drei Mal. Einmal für Kayra, einmal für Burhan und ein weiteres Mal für Finn. Und dieselben Worte hören sie mindestens zwei weitere Male, nämlich von Adem und von Eva. Vielleicht wiederholen Oma Frieda und Onkel Erwin die Sätze ebenfalls. Aber das weiß ich nicht, ich kann es mir nur denken, weil sie sich genauso sehr über die tolle Unterstützung gefreut haben. Schließlich muss eine Packung Taschentücher herumgereicht werden, da alle Tränen in den Augen haben.

Bevor Kayra ins Auto steigt, drücken wir uns fest. Finn steckt mit dem Kopf im winzigen Kofferraum, während die anderen bereits im fahrenden Yoga-Studio sitzen.

»Da ist es«, ruft Finn und fügt hinzu: »Ich kommmeee!« Er zieht den Kopf aus dem Kofferraum und ein T-Shirt aus seinem Rucksack. Es ist das grüne von gestern, das Hemd hatte er an unserem gemeinsamen Glückstag an.

»Danke!« Ich nehme es an mich und vergrabe mein Gesicht darin. Mmmmh!

Eva und Adem sehen sich an. Sie hatten, glaube ich, bisher gar nichts gemerkt. Spätestens jetzt müssten sie im Bilde sein, denn ich umarme Finn, und bevor er ins Auto steigt, küssen wir uns kurz, ganz kurz, auf die Lippen. Ich gucke nicht hin, aber ich kann mir gut vorstellen, wie meine Eltern sich gerade ansehen.

»**Na, na, na!**«, sagt Oma Frieda scherzhaft, und alle lachen.

Als ich zu Kayra in den Wagen schaue, hebt sie den Daumen. Ich weiß, dass sie weiß, was ich in der Hand halte. Zum Dank für den Tipp puste ich ihr über meine Handfläche einen Kuss zu. **THX**. Wir winken uns lange zu. So lange, bis Heidruns Auto hinter der letzten Straßenlaterne im dunklen Horizont verschwunden ist.

Zum Glück sind unsere Verwandten und auch ein paar Freunde noch da, als wir ins Haus gehen. So kann ich den Fragen meiner Eltern eine Weile ausweichen. Als alle es sich auf der Couch im Wohnzimmer gemütlich machen, verkrümele ich mich in mein Zimmer. Ich schnuppere an Finns Shirt und drücke es auf mein Herz. Ehe ich es in mein Bett stecke, fühle ich nach, ob es schon Fussel oder Knötchen hat. **Nicht einen.** Es ist ein sehr neues Hemd. Das kommt mit der Zeit bestimmt, denke ich mir. Ich weiß genau, dass das Shirt viel aushalten muss.

Mister No und seine neue Flamme fällt heraus, als ich aus meiner Reisetasche mein altes Knubbeltuch herausziehe, um es wegzuwerfen. Schließlich brauche ich es nicht mehr. Wie aus Reflex will ich meinen Comic sofort aufheben. Aber ich lasse es. Ich schaffe es tatsächlich, das Heft erst einmal liegen zu lassen. Das kenne ich gar nicht von mir. Kann ich jetzt Unordnung besser aushalten, oder wie? Mein Tuch wegzuschmeißen, bringe ich dann doch nicht übers Herz. »Ich werde es zum Verschmieren für die Schattierungen in meinen Zeichnungen verwenden!« Das sage ich vor mich hin, falte das uralte Geschirrtuch ordentlich zusammen und stopfe es in meine Schublade.

Vielleicht werde ich Finn eines Tages doch davon erzählen, dass ich sein T-Shirt zum Knubbeln haben wollte. Ich meine, was ist denn **sooo** schlimm daran? Dann hebe ich meinen Comic auf und blättere vor dem Schlafengehen darin ein letztes Mal hin und her.

»Ich habe nie die Hoffnung verloren, ich wusste, du würdest mich retten.« Eleonora sitzt auf dem Rücken ihres Geliebten, der sie durch die nächtlichen Lüfte heimwärts trägt. Ihren Kopf schmiegt sie an seinen kraftvollen Rücken. Die Lady hat wohl die Tomaten nicht bloß auf den Augen, sondern auch in der Nase. Mister No duftet schließlich nicht gerade so, als ob er bei einer Deo-Werbung mitmachen könnte. EGAL. Das Fliegen klappt heute wie nie zuvor.

KABOOM. QUIETSCH. OUCH. Das Paar stürzt auf die Landebahn der geheimen Gemächer von Mister No. Der Butler Alfred eilt herbei. »Herzlich willkommen! Darf ich bitten, der Tisch ist gedeckt.«

»Oh, wie liebenswürdig«, sagt die Señora. »Aber dürfte ich mich vorher etwas frisch machen?«

»Selbstverständlich, ich bereite sofort ein heißes Bad für Sie vor.«

»Mein böser Bruder wird nicht kampflos aufgeben«, warnt die Señora ihren erstarkten Hero, während sie auf die erholsame Erfrischung wartet. »Er war sich so sicher, dass du mich niemals finden würdest.«

HAHAHOHOHAHA. Lange nicht mehr so gelacht!

Sobald die beiden sich wieder eingekriegt haben, nimmt Mister No ihre Hand und küsst sie. »Ich werde dich beschützen, Geliebte!« Mister No wird nicht zulassen, dass der böse Alvarez seine Señora mit einem Ekel verheiratet, nur damit er noch mächtiger und reicher wird. »Und ich werde verhindern, dass dein Bruder wieder Gouverneur wird. Vor seinem Kryptonit habe ich keine Angst«, sagt der Held. Er weiß nun, dass ihm wirklich nur eins schadet: Er darf den Glauben an sich und seine Fähigkeiten NIEMALS NIE verlieren. »Eleonora, dank dir wird das kein zweites Mal passieren.«

»Mein Kavalier!«

Als das Bad fertig ist, besteht der Held darauf, die Badezimmertür einen Spalt geöffnet zu lassen. »Damit dir nichts geschehen kann.«

»Aber nicht gucken!«, sagt die Lady und kneift ihrem Geliebten in den Bauch. An der Tür bleibt sie stehen, lehnt sich an den Rahmen und sieht noch einmal zu ihrem wunderbaren und mutigen Helden hinüber. KLIMPER. KLIMPER.

Doch Alfred kann nicht dulden, dass Mister No mogelt, während Eleonora sich entkleidet. Er steigt auf einen Stuhl und hält seinem Herrn die Augen zu. NA, NA, NA!

22

KAYRA WARTET SCHON im schmuddeligsten Bau unserer Schule auf mich. Igitt. Ich muss da gleich rein, aber ich nehme mir vor, die Übergabe heute so kurz wie möglich zu machen. Wenn Kayra meinen neuen Comic lesen will, kann sie ja alleine drinnen bleiben. Außerdem wird sie sich heute etwas anderes viel lieber anschauen wollen als die neue Folge von *Mister No*. Und das, was ich ihr zu zeigen habe, packe ich nie und nimmer auf einer ekligen Schultoilette aus. Das nehme ich mir auf dem Schulweg fest, ganz fest vor.

Es ist inzwischen richtig warm, überall blüht es in den schönsten Farben. Die Straßen duften nach Lavendel, ich trage mein türkisfarbenes Top und musste nicht mal eine Jacke mitnehmen. Unterwegs bin ich heute Herrn Kaiser begegnet. Er hatte wieder Post für mich. Nein, ich habe nicht erneut an einem Wettbewerb teilgenommen. Von so viel Aufregung habe ich in nächster Zeit erst einmal genug. Obwohl … vielleicht kommen ja jetzt noch spannendere Tage auf mich zu?

Der Briefumschlag ist lang und groß, A4-Format. Er ist von Frau Gilbert, und ich habe gemischte Gefühle. Natürlich bin ich megastolz und genauso glücklich, aber irgendwie habe ich das Gefühl, dass ich meinen *Mister No* weggebe. Als würde er dann nicht mehr zu mir gehören, oder als würde ich ihn verraten oder so. Keine Ahnung. Die Vertragsbedingungen haben meine Eltern mithilfe eines Anwalts ausgehandelt, denn sie hatten absolut keine Ahnung, worauf man achten muss. Nun, so sagen sie, sei alles okay.

Ja, und im Moment befindet sich der Vertrag in Adems Tasche und leistet *Mister No* Gesellschaft. Mein Hero kann sich schon mal mit dem neuen Verlag anfreunden, dachte ich. Ich habe meinem – wie nannte die Verlagsleiterin ihn? – tragikomischen Helden schon erzählt, dass Frau Gilbert sehr nett ist.

Vielleicht gehe ich mit Finn heute nach der Schule in den Park, und wir entwerfen eine neue Serie. Ich habe meine Stifte und den Zeichenblock dabei. Wenn Finn mitkommen mag, muss ich Heidrun nachher bitten, die große Tasche von Adem einzuschließen. Ich habe keine Lust, die dann mit in den Park zu nehmen.

»Mia!« Kayra wartet nicht auf der Mädchentoilette, wie sie am Handy eben noch gesagt hat, sondern empfängt mich am Schultor.

»Komm mit!«

»Wohin?« Kayra zieht die Augenbrauen zusammen. »Hast du's nicht geschafft, die neue *Mister No*-Folge zu Ende zu zeichnen?«

»Doooch!« Ich verdrehe die Augen. Kayra und ihr *Mister No*. Sie bekommt immer Panik, wenn sie glaubt, sie könne ihrem Ritual nicht nachgehen. Wie das Ritual heißt?

Dienstags morgens auf einem stinkenden Klo ins Comickoma fallen.

»Du bekommst gleich deinen *Mister No*, vorher muss ich dir allerdings eine andere Sache zeigen.«

»Och nö!« Kayra versucht wieder den Trick mit ihrem **Hypno-Blick**, aber ich bleibe hart.

»Keine Sorge. Das hat auch etwas mit *Mister No* zu tun, ich schwör's!«

»Hä?« Das ist das Einzige, was Kayra noch von sich gibt, ehe sie sich widerwillig von mir zu einer Bank führen lässt.

Ich ziehe den Brief aus der Tasche. Kayras riesige Augen blinzeln und scheinen nichts mehr zu kapieren. »Was ist denn das?«

»Na, schau doch mal, wo der Brief herkommt.«

»Oh Gott! **Berlin!**«

»Du verstehst«, sage ich, »dass ich den Vertrag unmöglich auf dem Klo auspacken kann.«

Kayra nickt und hält den Papierstapel wie kostbare Schriftrollen aus dem alten Ägypten in den Händen. **Wow!** Wir sind beide megaplatt.

Erst als ich die beiden Ausfertigungen des Vertrages wieder eingesteckt habe, umarmt mich Kayra. »Herzlichen Glückwunsch, Mia. Ich freue mich so!«

Ich bedanke mich und nicke dabei nachdenklich.

»Wirst du unterschreiben?«

Seufz. Ich atme tief ein. **»Ja klar!«** Und dann übergebe ich Kayra die neue Folge von *Mister No*.

»Hier, mitten auf dem Schulhof?«

»Warum nicht?«

Kayra lacht.

Sie kann meinetwegen immer noch diejenige sein, die die zukünftigen *Mister No*-Folgen als Erste zu lesen bekommt. Aber ich weiß, dass ich vor der Veröffentlichung meiner Comics kein Theater mehr veranstalten und keine Kritik mehr scheuen muss. Die Zeichnungen sind gut. Das ist mir jetzt bewusst.

»Okay!«, sagt Kayra. »Dann bin ich jetzt an der Reihe!« Sie kramt in ihrer Schultasche, holt ihr Smartphone heraus und versteckt es unter dem Comic. Zum Glück denkt sie an das Handyverbot. »Schau mal!«

»Wart ihr bei Ikea, oder wie?« Ich gucke mir das Foto an und weiß gar nicht, was ich damit anfangen soll.

Kayra lacht: »Ich war heute Morgen allein und … du weißt schon …«

»Hä?«

»Na, was machen wir, du und ich, wenn wir alleine zu Hause sind und dann weggehen müssen?«

»Oh!« Endlich kapiere ich und grinse: »**Unsere Marotte!**«

»Und warum, meinst du, bin ich heute nicht zu spät? Ich wäre es nämlich gewesen, wenn ich auf halbem Weg wieder zurückgegangen wäre, um alle Schalter zu kontrollieren.«

»Bist du denn nicht umgekehrt?«

Kayra erzählt von ihrer Idee, die sie gestern Abend hatte. Ihre Eltern hatten bereits angekündigt, dass sie am nächsten Morgen ganz früh rausmüssten. Burhan verlässt wohl in letzter Zeit sowieso immer sehr früh das Haus, weil er neuerdings unbedingt noch vor der Schule mit Finn kicken muss. Also war Kayra alleine. »Bevor ich das Haus verlassen habe«, sagt Kayra und ist total begeistert von ihrem Einfall, »also, da habe ich alles fotografiert.«

»Na und?«, frage ich, aber im selben Augenblick geht mir ein Licht auf. Ich klicke vorsichtig durch das Fotoalbum in ihrem Smartphone. Da entdecke ich lauter Fotos von den Schaltern am Küchenherd und von den Lichtschaltern, die aus sind. Und es gibt Fotos von Fenstern, die alle geschlossen sind. Ich schüttele den Kopf und sehe Kayra an. Verrückt!

»Ja«, sagt sie. »Und wenn ich ein schlechtes Gefühl habe und unsicher bin, ob wirklich alles aus ist, dann kann ich jederzeit einfach im Handy nachsehen!«

Schlaues Mädchen! Ich schüttele den Kopf. Wie schön wäre es, wenn ich mit Finn auch so locker über meine Marotten reden könnte.

Superhero Mister Finn (wir nennen ihn erst einmal so) trifft bei einem Galadinner auf Mieze-Woman Mia Mara (den Namen können wir später immer noch ändern). Sie sind beide in Zivil. Als Mieze Mara sich am Büfett gerade ein Glas Champagner nehmen will, kommt Mister Finn herbeigeeilt und reicht ihr das Glas. WUSCH. Es ist mit einem Schlag um die beiden geschehen. Liebe auf den ersten Blick. MIAU!

Die Verliebtheit entwickelt sich in Windeseile zu einer wahren, tiefen Zuneigung. Alles könnte perfekt sein, wäre da nicht die andere Seite ihres Daseins. So-

wohl Finn als auch Mia Mara wurden als Wesen mit übermenschlichen Kräften geboren, die sie beide in den Dienst einer übergeordneten Macht stellen müssen. Sie wissen nicht viel über diese Macht, haben keine Ahnung, was deren große Absicht ist. Die Mieze-Woman und der Hero wissen nur, dass sie – wollen sie am Leben bleiben – gehorchen müssen. Auch wenn die Befehle nicht immer freundlicher Natur sind.

Im Kampf für die große Macht steht das Liebespaar in Konkurrenz zueinander. Denn keiner der Untergebenen der großen Macht weiß von den anderen Bediensteten. Mal sollen sie Menschen in Not helfen, ein andermal Katastrophen verursachen. Hauptsache, die Macht erreicht ihre Ziele. Dafür scheut sie nicht, die Bediensteten gegeneinander auszuspielen, wenn es nötig sein sollte.

Als Superhelden bekämpfen sich Mieze Mara und Mister Finn oft in einem erbitterten Kampf, und in Zivil leben sie ahnungslos das perfekteste Glück, das man sich vorstellen kann. Wie lange kann das gut gehen? Wie lange wird die Liebe der beiden ihre dunklen Geheimnisse verkraften? SEUFZ.

Finn malt eine Sprechblase neben meine Skizze von Mister Finn und eine über seinen Entwurf von Mieze Mara. »Was sollen wir da reinschreiben?«

Ich lächele, zucke mit den Achseln.

Finn kratzt sich am Kinn, kneift die Augen zusammen und tut so, als würde er scharf nachdenken. Dann füllt er die Sprechblase von Mister Finn, aber er hält das Geschriebene verdeckt. »Du bist dran.«

Ich schenke Mieze Mara genauso geheimnisvoll wie er meine Worte.

Eins – zwei – drei. Gleichzeitig heben wir die Hände und lachen.

Ich will meine Grafitstifte schnell zur Seite schieben, damit ich näher zu Finn rücken kann.

»Mia Mara, warte!«, sagt mein Held und zwinkert mir zu. »Bevor du mein T-Shirt zerknubbelst, müssen wir unbedingt noch etwas machen.«

Ich erschrecke. OMG. Wieder einmal fühle ich mich ertappt. »Was meinst du?«, frage ich vorsichtig und ganz leise.

»Deine Stifte kannst du doch nicht einfach beiseitelegen. Wir müssen sie spitzen und ordnen und …«

Ich schlucke und sehe Finn ernst in die Augen. Mir wird klar, dass ihm meine Stifte-Marotte – und womöglich auch die anderen Ticks – schon längst aufgefallen sein müssen. Ich werde unsicher. »Hältst … hältst du mich etwa für verrückt?«

Das Lächeln auf Finns Gesicht gefriert. Seine Finger gleiten in seine blonde Mähne und fangen an, sie zu zwirbeln. Er sieht enttäuscht aus. »Wie kommst du denn darauf?«

»Na, weil du mal gesagt hast, dass du Sarah wegen ihres Spleens verrückt findest. Und sie … sie hat sicher nicht annähernd solche Marotten wie ich.«

Auf einmal leuchtet das Gesicht des bestaussehenden Jungen wieder auf. Das Haaredrehen wird lebhafter. »Ich wollte damit doch nur sagen, wie nervig ich Sarah finde, weil sie mich andauernd verfolgt und mit SMS-Nachrichten bombardiert hat. Zum Glück hat sie inzwischen kapiert, dass sie bei mir keine Chance hat.«

Ich sehe Finn sprachlos an. Ach so! Wieso bin ich nicht gleich darauf gekommen, dass er es auch so gemeint haben könnte?

»Mia Mara«, sagt Finn. »Was heißt hier überhaupt verrückt? Weißt du eigentlich, wie süß ich deine Marotten finde?«

WOW! Finn findet es gar nicht seltsam, dass ich Spleene habe. **Boom. Boom. Boom.** Hört man das? Das ist mein Herzklopfen. **Er** kann es bestimmt nicht überhören. Ich weiß nicht, was ich angesichts dieses Glücks tun soll. Das Flattern der Schmetterlinge und sein Haarezwirbeln machen mich verrückt.

Aber … **Verrückt war gestern**! Ich strecke die Hand aus und ziehe seine aus der inzwischen völlig verknoteten Mähne. Finn lächelt und zeigt stumm auf seinen Kopf. Dann nimmt mein Held den Anspitzer in die Hand. Er spitzt meinen Grafitstift an und legt ihn an die leere Stelle im Kasten zwischen die Stifte mit den Härtestufen 2B und HB. Bevor er den Deckel zuklappt, sieht er mir in die Augen. Ich schließe den Kasten. Wir küssen uns auf der frisch gemähten Wiese unter dem blauen Himmel.

Pink